ROMÆUS VERLAG

www.romaeusverlag.de

Ummenhofer, Stefan: Dr. phil, Jg. 1969, aufgewachsen in Villingen und Schwenningen, war zunächst Volontär und Redakteur bei einer Tageszeitung, studierte dann Politikwissenschaft und Geschichte in Freiburg, Wien und Bonn, arbeitete als Persönlicher Referent eines Bundestagsabgeordneten und ist momentan als Journalist in Freiburg tätig.

Rieckhoff, Alexander: Jg. 1969, geboren und aufgewachsen in Villingen, volontierte bei einer Regionalzeitung, arbeitete dann als Redakteur, studierte Geschichte und Politikwissenschaft in Konstanz und Rom und ist zurzeit als Redakteur beim ZDF in Mainz beschäftigt.

ROMÆUS VERLAG

Ihre Meinung interessiert!
Schicken Sie uns Anregungen und Ihre Eindrücke unter **www.schwarzwald-krimi.de**

Wir danken
Andrea Münzer-Rieckhoff, Bettina Look-Ummenhofer, Barbara Fehrenbach, Leon Hüls, Zoran Josipovic, Dr. Thomas Kaufmann, Virginie Lecerf, Frank Meyer, Heidi Popko, Ulrike Schacker, Markus Schneider, Torsten Sieland, Dr. Ralf Trautwein und Jonathan Ummenhofer

Stefan Ummenhofer
Alexander Rieckhoff

SCHWARZWALDRÄTSEL

HUMMELS FÜNFTER FALL

1.Auflage
Dezember 2006

Romäus Verlag Villingen-Schwenningen
Stefan Ummenhofer & Alexander Rieckhoff GbR
www.romaeusverlag.de

Umschlaggestaltung, Satz: Stephan Schneider, Paulas Art, Leonberg
Druck und Verarbeitung: Druckerei Leute, Villingen-Schwenningen
Foto Villinger Münstertürme: Thomas Herzog-Singer
Kuckucksuhr (Cover): Hönes GmbH, Titisee-Neustadt

Made in Germany
ISBN: 3-9809278-4-9
ISBN: 978-3-9809278-4-0

INHALT

HANDELNDE PERSONEN

Hubertus Hummel: Oberstudienrat, Villinger Lokalpatriot, Kriminalist und Großvater aus Leidenschaft
Klaus Riesle: Bester Freund von Hubertus, Lokaljournalist beim „Schwarzwälder Kurier", eifrig, drahtig, neugierig, mit Frust und Verdauungsschwierigkeiten
Martina Hummel: 19-jährige Tochter von Hubertus, Mutter, Braut und baldige Bäuerle
Maximilian Hubertus Hummel: Hubertus' Enkel, schreit gerne und viel, Schlafräuber
Didi Bäuerle: Bräutigam und Vater des Kleinen, Hausmeister, Chauffeur des Schwiegervaters
Die Pergel-Bülows: Hummels neue Nachbarn, sprechen mit Pflanzen, sind politisch, ökologisch und auch sonst total korrekt
Stefan Müller: Kriminalhauptkommissar mit Brillenputz- und Uhrentick, ist nicht nur von Hummel und Riesle genervt, sondern einfach reif für die Insel
Kurt Weisser: Mühlenbesitzer und Ex-Gemeinderat aus St. Georgen-Stockburg mit Faible für Kuckucksuhren, ist 75 und nicht gut auf seine Kinder zu sprechen, stirbt überraschend
Der Bürgermeister: Regiert die „Bergstadt" St. Georgen, findet das Opfer und gewinnt ein Haus
Christian, Johannes und Maria Weisser: Kinder des Mühlenbesitzers, führen fernab des Schwarzwaldes ihr Leben in Großstädten, kämpfen mit allen Mitteln um ihr Erbe
Robert Schmitz: Schwenninger Bauunternehmer, will unbedingt ein Altstadthaus Weissers in Villingen kaufen
Berthold Mengert: Hausbesitzer, soll auch verkaufen, ist unschlüssig, erhält Drohanrufe
Karl-Friedrich Trenkle: Besitzt die Hexenlochmühle und zahlreiche Kuckucks-Uhren, steht auf Messen
Luigi: Alleinunterhalter, sorgt für Mordsstimmung

1. NACHTS, WENN ALLES SCHLÄFT

Hubertus Hummel wurde allmählich ratlos.

„Buäääääh!"

„Maxi", flüsterte Hummel sanft.

Kurze Pause.

„Buäääh!"

„Maxi, bitte", sagte Hummel jetzt etwas lauter und nahm seinen Enkel aus der kleinen Wiege.

Er schaukelte den Kleinen behutsam im Arm. Das schien ihm gut zu tun. Dann strich er ihm über den Kopf, streichelte über die winzige Hand, über den kleinen, blauen Strampelanzug, den ein Braunbär zierte.

Hummel, Lehrer für Deutsch und Gemeinschaftskunde am Villinger Romäusring-Gymnasium, schaute auf die Uhr über der braunen Wohnzimmer-Holzkommode. Es war schon fast Mitternacht.

„Buääääh!"

Seit zwei Stunden ging das nun schon so. Mindestens.

Hummel seufzte und wiegte das Kind noch etwas schneller im Arm. Er liebte seinen Enkel über alles – bis auf die Tatsache, dass er unablässig schrie.

Vier Monate war Maximilian nun alt und so süß, dass Hummel kaum Worte dafür fand. Genauer gesagt, fand er sehr wohl Worte dafür. Viele sogar. Und häufig. Besonders Hummels bester Freund Klaus Riesle litt mittlerweile erheblich darunter. Es verging kaum ein Tag, an dem Hummel ihm nicht die Attraktivität seines Enkels und jede seiner Bewegungen in den schillerndsten Farben und der erschöpfendsten Ausführlichkeit schilderte.

„Die Füßchen, Klaus, die Füßchen – die sind so niedlich.

Hast du dir die schon mal genauer angeschaut? Und die Nase – die muss er von Martina haben. Und Martina hat ihre ja von Elke."

Klaus Riesle, Lokaljournalist, kinderlos und mittlerweile wieder Single, war an der Physiognomie des Hummel-Enkels nur sehr bedingt interessiert. Er hatte in den ersten Wochen noch mildes Verständnis für die Begeisterung seines Freundes gehabt. Da er sich fast täglich die neuesten Bilder anschauen musste und über die Nuckel- und Spuckgewohnheiten des Nachwuchses besser Bescheid wusste, als er sich je gewünscht hatte, war er nun dazu übergegangen, etwas weniger oft bei Hummels anzurufen und in der Villinger Südstadt vorbeizuschauen.

„Er sieht halt aus wie jedes Baby, Hubertus", hatte er vor wenigen Tagen gesagt, als er zum gefühlten 346. Mal das Bild Maximilans aus Hubertus' Geldbeutel hatte anschauen müssen.

Seitdem war das Verhältnis der beiden etwas angeknackst.

„Wie jedes Baby", flüsterte Hummel seinem Enkel empört ins Ohr. „Du bist wirklich viel mehr als irgendein Baby. Du bist das schönste Kind im ganzen Schwarzwald."

Maximilian stimmte brüllend zu.

Hummel war für die Kinderaufsicht eingeteilt, weil Martina schlicht und einfach nicht mehr konnte. Höchstens drei Stunden schlief sie derzeit nachts wegen des abwechselnden Brüllens und Stillens. Außerdem war sie mit den Hochzeitsvorbereitungen mehr als beschäftigt: In ein paar Tagen sollte es so weit sein. Bei dieser Gelegenheit stand auch noch die Taufe von Maximilian im Wahrzeichen Villingens, dem Münster, an. Und da ihr baldiger Ehemann Didi Bäuerle tagsüber arbeitete und abends als Handwerker für den kindgerechten Ausbau der Hausmeisterwohnung werkelte, hatte Martina ihre Eltern um Hilfe gebeten.

Eigentlich war es aber umgekehrt gewesen. Hubertus hatte ihr befohlen, ein paar Wochen bei ihm und Elke in der Vom-Stein-Straße einzuziehen. Er wollte näher bei seinem Enkel sein, auch wenn er das so natürlich nie zugegeben hätte. Dass es derart anstrengend würde, hatte er allerdings nicht geahnt.

Hummel wurde immer unruhiger. Wenn das so weiter geht, dachte er sich, werde ich morgen in der ersten Stunde ein Wrack sein. Gegen Schuljahresende wusste er seinen Stundenplan zum Glück endlich auswendig: Mit der 11b galt es zu Beginn des Tages, „Effi Briest" zu besprechen. Das würde er wahrscheinlich auch in einem derart derangierten Zustand schaffen.

„Buääääh!"

„La-Le-Lu...", versuchte Hubertus es nun mit einem beliebten Schlaflied.

Während er den schreienden Maximilian weiter im Arm wiegte, schaute er abermals auf die Uhr. Diesmal war es das Funkradio in der Küche, wohin er auf seinem Beschwichtigungskurs gelaufen war. Er machte sich seinen bereits dritten doppelten Espresso.

Halte durch!, sagte sich Hubertus.

Fünf nach zwölf. In etwa einer halben Stunde durfte er die im Obergeschoss schlafende Martina wecken. Dann war die nächste Milchration für Maximilian fällig.

„Maxiii!", flehte Hubertus. „Bitte! Hör doch auf!"

Seine Frau Elke, die vergangene Nacht mit der Betreuung des Enkels an der Reihe gewesen war, sich nun aber auf einem zweitägigen Meditationskurs unter dem Motto „Auf der Reise mit den Delphinen" befand, war erfolgreicher bei der Betreuung des Kleinen gewesen.

Er seufzte, setzte sich mit dem Enkel in den braunen Ledersessel im Wohnzimmer und sinnierte darüber, woran es wohl liegen könnte, dass Maximilian so unruhig war. Anfangs waren sie davon ausgegangen, dass der Kleine Hunger hatte, was angesichts des Großvaters keine allzu gewagte These schien. Doch weder häufigeres Stillen noch das Zufüttern angerührter Milch hatten zu einer Beruhigung geführt. Auch die Besuche in schulmedizinischen und anthroposophischen Kliniken, bei Heilpraktikern und Osteopathen waren bislang nicht von größeren Erfolgen gekrönt.

Maximilian schrie immer weiter – so auch jetzt, um zwanzig nach zwölf.

Hubertus schlich mit ihm kurzerhand die Treppe hinauf und weckte Martina. Sollte sie das Stillen eben ein paar Minuten vorverlegen…

2. Beschwichtigungskurs

Immer wieder kippte Hubertus' Kopf nach vorne, fielen ihm die Augenlider zu. Der Kampf gegen den Schlaf wurde immer aussichtsloser. Er starrte auf die Uhr: Inzwischen war es zehn vor vier. Eine halbe Stunde hatte Maximilian zwar zwischenzeitlich Ruhe gegeben, doch jetzt war er wieder in Hochform.

Hubertus strich sich zappelig über seinen weinroten, schwarz gepunkteten Pyjama, der ihm ziemlich am Bauch spannte. Kein Wunder: Den hatte er zum dritten Hochzeitstag bekommen. Fast 20 Jahre war das nun her. Damals war Martina nur wenig älter gewesen als Maxi jetzt.

Hubertus verfiel in sentimentale Erinnerungen. Gerührt schaute er immer wieder auf den Enkel. Fast schien es ihm, als würde Maximilian mit ihm in der Vergangenheit schwelgen, so ruhig war er plötzlich.

Der ockergelbe Strampler von Martina, Hubertus mit langen Koteletten, stets eine grüne Weste tragend. Jung waren Elke und er damals gewesen, beide im Referendariat in Freiburg. Und obwohl sie nur wenig Geld gehabt hatten, war es eine herrliche Zeit gewesen. Komisch – daran, dass Martina auch geschrien hatte, konnte er sich gar nicht mehr erinnern.

Auf jeden Fall sah Maxi aus wie Martina damals. Und in einer Woche würde seine Martina nun den Bund fürs Leben mit Didi Bäuerle eingehen. Obwohl Hubertus ihn schon lange kannte und eigentlich auch mochte: Eine große finanzielle Perspektive konnte er Martina nicht bieten. Hummel seufzte, doch damit hatte er sich eigentlich schon abgefunden. Hauptsache, die beiden blieben mit Maxi auch die nächsten Jahre hier in der Gegend.

Hubertus dachte auch an Klaus und daran, wie schlimm es eigentlich sein musste, kinderlos zu bleiben, auch wenn Klaus sich das momentan sicher noch nicht eingestehen wollte.

Dem Enkel genügte diese Dosis an Sentimentalität – er begann wieder zu schreien.

Hummel hatte nun Mitleid mit ihm. Es war sicher nicht einfach, so plötzlich in diese brutale Welt geboren zu werden…

Jetzt denke ich schon wie Elke, ärgerte er sich.

Zehn Minuten später war das Mitleid für den Enkel in Selbstmitleid übergegangen. Nach 20 Minuten suchte er verzweifelt nach einem Ausweg. Weitere zehn Minuten später glaubte er, ihn gefunden zu haben. Bernd Bieralf, ein Kollege von Klaus und als mittlerweile dreifacher Vater eine Koryphäe auf diesem Gebiet, hatte ihm neulich davon erzählt, wie er seine Kinder mehrfach mit dem Auto durch die Gegend kutschiert hatte, wenn sie nicht einschlafen wollten.

Das Auto steht in der Garage, dachte Hummel.

Etwas anderes war aber nicht da – sein Führerschein. An Fasnacht hatte er ihn wegen Alkohols am Steuer für acht Monate abgeben müssen. Den Tag würde er sich immer merken können – er war nämlich gerade auf dem Weg zu Maxis Geburt ins Krankenhaus gewesen.

In vier Monaten würde er den Führerschein also wieder haben – aber vier Monate zu warten, war im Moment keine gute Option.

Hummel wurde immer nervöser und gereizter.

„Maxi", flüsterte er beschwörend in Richtung weinendem Enkel, murmelte es, sprach es, rief es, brüllte es schließlich fast.

Zehn Schrei-Minuten später stand Hummels Entschluss

fest. Um zehn nach vier war kein Mensch in der Südstadt unterwegs – geschweige denn ein Polizist.

Er legte Maxi behutsam in die Sitzschale, zog ihm eine winzige, blaue Strickjacke und ein grün-weiß gestreiftes Mützchen an. Jetzt noch auf passende Farbkombinationen zu achten, wäre ihm albern vorgekommen. Dann trug er seinen Enkel zum Opel Astra Caravan und schnallte ihn an. Das Garagentor quietschte, als er es wieder schloss. Mangels Übung fuhr Hummel ziemlich ruckartig an.

Autofahren verlernt man aber nicht, dachte er sich, als er die Vom-Stein-Straße entlang fuhr. Lindenstraße, Herdstraße, Erlenstraße und wieder Vom-Stein-Straße – so ging der Weg. Einmal, zweimal, dreimal, immer im Kreis herum.

Maximilian war nun ruhig. Er schlief noch nicht, aber es schien ihm zu gefallen. Und das war das Einzige, was für den erschöpften Hubertus zählte: Nur kein Brüllen mehr.

Nach der sechsten Runde ums Karree wurde es Hummel allmählich langweilig und er hatte trotz des Kaffeekonsums arge Mühe, selbst wach zu bleiben.

Was soll's, dachte er schlaftrunken und vergrößerte die Runde.

Er kam aber bald zum Schluss, dass er ein längeres Stück geradeaus fahren musste, so dass das gleichmäßige Geräusch des Motors Maximilian zum Einschlafen bringen würde.

An der Neuen Tonhalle ging es vorbei auf die Umgehungsstraße, vorbei an der monoton-zweifarbigen Gaskugel in Richtung Bad Dürrheim.

Als er die Abzweigung nach Marbach passierte, bemerkte er beim Blick in den Rückspiegel zweierlei. Erstens: Maximilian schien zu schlafen. Zweitens: Das näher kommende Fahrzeug hinter ihm – das war ein Polizeiwagen. Und das war so ziemlich das Letzte, was Hummel in diesem Moment sehen wollte.

Er achtete exakt darauf, die vorgeschriebene Geschwindigkeit einzuhalten. Doch vergebens: Der Polizeiwagen wurde schneller, fuhr nun mit Blaulicht, setzte zu einem Überholmanöver an, scherte kurz vor Hummels Auto wieder ein und... fuhr zu seinem Erstaunen weiter. Offenbar ein anderer Einsatz. Ein kurzes Durchatmen.

Mit einem äußerst flauen Gefühl im Magen bog Hummel links nach Bad Dürrheim ab, wendete und fuhr die acht Kilometer zurück nach Hause. Maximilian schlief immer noch – und das wollte nun auch Hummel endlich tun.

Er stellte den Opel vor der Garage ab, weil er den Lärm des Tores fürchtete. Vorsichtig trug er die Sitzschale mit dem Enkel über die Schwelle, sanft stellte er sie an der Treppe zum Obergeschoss ab – und da war es wieder, Maximilians Geschrei!

Als Martina schließlich die Treppe herunterkam, sah sie gleich zwei brüllende Männer. An den einen hatte sich die junge Mutter schon gewöhnt. Doch dass auch der zweite seine Nerven nicht mehr im Griff hatte, beunruhigte sie ziemlich...

3. Der mit dem Baum spricht

Zwei Stunden, überschlug Hummel grob. Zwei Stunden hatte er insgesamt in der vergangenen Nacht geschlafen.

Missmutig rührte er in seinem Kaffee, während Maximilian im Hintergrund schon wieder schrie. Immerhin: Es war kurz nach sieben, also war die Tagschicht dran. Martina.

Heute hatte die Aussicht auf einen Morgen in der Schule für Hubertus etwas Verlockendes: Die Schüler schrien nicht. Zumindest nicht so.

Ich muss noch etwas an die frische Luft, dachte er sich. Er öffnete die Terrassentür und ging die Steintreppe hinunter auf den Rasen, der längst einmal wieder gemäht werden sollte, wie er sich beiläufig überlegte. Auf dem schmiedeeisernen Tisch im hinteren Teil des Gartens hatten sich Tautropfen gesammelt. Einige Vögel zwitscherten, und eigentlich schien es ein wirklich schöner Frühsommermorgen zu werden. Hubertus lief auf seinen selbst gebauten Pavillon und die vernünftigerweise mit Folie überzogenen Stühle zu, wobei seine beigefarbenen Halbschuhe mit Tau benetzt wurden.

Die frische Schwarzwaldluft tat gut. Es war Zeit, mal wieder etwas nach vorne zu schauen, positiv zu denken. Er musste abends mal wieder weggehen, mal wieder in seine Stammkneipe „Bistro“. Und an einem der nächsten Nachmittage würde er wie jedes Jahr die „Südwest Messe“ besuchen. Diesmal würde es sich besonders lohnen: Zum einen würde er erstmals seinen Enkel mitnehmen und mit ihm in die Sonderschau „Familien in Aktion!“ gehen – in seinem derzeitigen Status als frisch gebackener Großvater ein Muss. Andererseits nahm sich Hummel vor, auch die Hallen

X, Y und Z auf dem Schwenninger Messegelände zu durchstöbern. Dort stellte die Abteilung „Bauen und Renovieren" immer aus. Vielleicht schaffte er es ja, seinem baldigen Schwiegersohn beim Umbau der Wohnung etwas zur Hand zu gehen und seine Scheu vor Handwerkszeug aller Art zu überwinden. Seinem Enkel zuliebe würde er das tun. Vorausgesetzt, er fände einen Fahrer...

In das Vögelgezwitscher und das aus dem Haus dringende, aber nun schon leiser werdende Schreien seines Enkels mischte sich auch noch ein anderes Geräusch – ein Gemurmel. Als Hubertus über das Holunderbeet in den angrenzenden Garten schaute, wusste er, woher es rührte.

Die Pergel-Bülows, seine neuen Nachbarn, die vor gut einem Monat eingezogen waren, inspizierten ebenfalls ihr Grundstück.

Pergel hieß sie, er hingegen hatte den Doppelnamen, was in Hubertus' Augen in etwa einer Kastration gleichkam. Klaus-Dieter Pergel-Bülow, Oberstudienrat für Deutsch und Geschichte. Nicht nur fast die gleiche Fächerkombination wie bei Hubertus – Pergel-Bülow war wie Hummel auch am Romäusring-Gymnasium tätig.

Nicht, dass die Pergel-Bülows so richtig unsympathisch gewesen wären. Selbst Hubertus musste zugeben, dass sie sich immer freundlich und zuvorkommend gaben. Meist sogar etwas zu freundlich, etwas zu zuvorkommend, sich etwas zu sehr in die Belange ihrer Nachbarn einmischend.

„Ganzheitlich denken", nannte das Regine Pergel, natürlich ebenfalls Lehrerin. Sie unterrichtete Gemeinschaftskunde, leitete die Theater-AG, die Umwelt-AG, die Spanisch-AG und mindestens 50 weitere Arbeitsgemeinschaften am „Romäus".

Zwar hatte auch Hummel einige gemeinhin Lehrern zugeschriebene Eigenarten. Er wusste es aber – oder besser:

Martina und Elke ließen es ihn wissen, wenn er mal wieder ihre Satzstellung verbesserte, sie nach der Lokalgeschichte abfragte und ihnen dann Zensuren erteilte. Aber: Dieses Über-Engagierte, die Mitmenschen stets mit neuen politischen, ökosozialen und spirituellen Errungenschaften Beglückende, das überließ er seiner Frau. Kein Wunder, dass die sofort Feuer und Flamme gewesen war, als sich die neuen Nachbarn mit Tofubällchen und fair gehandeltem Kaffee bei ihnen vorgestellt hatten. Mit Tofubällchen!

„Guten Morgen, Hubertus", säuselte die Nachbarin nun zu ihm hinüber. Sie drehte sich dazu von einem Baum weg, einer stattlichen Buche, vor der sie gemeinsam mit ihrem Mann Hand in Hand gestanden hatte. „Ach, schreit der kleine Maximilian immer noch so viel?"

Hubertus nickte stumm und schaute verwundert in Richtung der Buche. Warum hatten die beiden so komisch dagestanden?

„Ja", fiel ihr Mann ein. „Du warst heute Nacht mit ihm weg, ja? Wir haben gehört, wie du das Garagentor zugeschlagen hast."

War das ein Vorwurf?

„Aber das macht gar nichts", fuhr Pergel-Bülow fort. „Wir alle wollen mit daran arbeiten, dass es Maximilian bald besser geht. Das ist das Wichtigste!"

Hubertus schwieg.

„Nur: Mit dem Auto, das ist doch nicht gesund für den Kleinen, oder? Die vielen Abgase..."

Hubertus erwiderte immer noch nichts. Stattdessen überlegte er sich irgendeine Deutung, was die beiden in Dreiteufelsnamen vor dieser Buche gemacht hatten.

„Du kannst immer bei uns klingeln, Hubertus, wenn ihr mal Hilfe braucht", versicherte Frau Pergel. „Auch nachts.

Gerade jetzt vor der Hochzeit eurer Tochter braucht ihr Entlastung."

Woher wussten die das schon wieder? Hummel nickte und überlegte, dieses Angebot rein aus Gehässigkeit bald einmal anzunehmen.

Dann blickte er wieder in Richtung Buche und überlegte sich, ob das Gemurmel Teil eines Tagtraums gewesen war.

Nein.

„Wir reden immer morgens mit unseren Pflanzen und Bäumen, ehe wir zur Schule gehen", erklärte die Nachbarin, die Hubertus' fragenden Gesichtsausdruck richtig gedeutet hatte. „Das ist wichtig – für sie und für uns. Wir merken, wie gut es ihnen tut, wie schön sie gedeihen." Und ihr Mann nickte: „Das solltest du auch mal versuchen, Hubertus."

Hummel blieb eine Antwort schuldig und nickte nur gequält. Die Müdigkeit lähmte seine Gedanken, und er ärgerte sich darüber. Eigentlich eine ideale Vorlage.

Er zögerte noch einen weiteren Moment und sagte dann endlich: „Ich bin ohnehin sehr betroffen, weil mein Kopfsalat schon seit Tagen nicht mehr mit mir spricht."

Zu spät, Pergel-Bülows waren im Haus verschwunden.

4. EIN GANZ BESONDERER GEBURTSTAG

„So eine Schnapsidee“, schnaubte Klaus Riesle, während er kräftig in die Pedale trat. „Mit dem Fahrrad nach Stockburg – wie konnte ich nur“, grummelte er und blickte auf die Armbanduhr: Fünf Minuten nach zehn. Eigentlich hätte er jetzt schon in dem kleinen Schwarzwald-Weiler sein müssen.

„Ein 75. Geburtstag“, schimpfte er weiter und rieb sich mit dem dicht behaarten Unterarm über die nassgeschwitzte Stirn. Der harzige Duft der Schwarzwaldfichten stieg ihm in die Nase. „Jetzt berichten wir schon über 75. Geburtstage!“

Klaus Riesle blickte im Vorbeifahren auf die braune Schindelfassade des Gasthauses „Forelle“. Dann beschleunigte er noch etwas. Und endlich: Kurz nach dem Steinbruch überquerte er den Bahnübergang und sah das Ortsschild „Stockburg – Stadt St. Georgen“. Vor ihm lagen satte, mit Raureif überzogene Wiesen, ein paar verstreute Schwarzwaldhäuschen, links und rechts des Groppertales dichter Fichtenwald. Eigentlich ein schöner Anblick, dachte sich Riesle. Wäre nur dieser blöde Lokaltermin nicht gewesen.

Dabei gehörte Stockburg nicht einmal zu seinem eigentlichen Berichtsgebiet. Normalerweise arbeitete Klaus in der Lokalredaktion Villingen des „Schwarzwälder Kurier“. Sein Chef hatte ihn jedoch als Urlaubsvertretung für ein paar Wochen in die Redaktion St. Georgen geschickt. Ausgerechnet ihn, der nach seiner Alkoholfahrt an Fasnacht noch immer ohne Führerschein war.

Deshalb nahm er nun üblicherweise den Neun-Uhr-Zug von Villingen nach St. Georgen. Sein Fahrrad hatte er immer dabei. Riesle musste dort jeden Tag auf anstrengende

Weise erfahren, warum der 15.000 Einwohner-Ort die „Bergstadt“ genannt wurde. Auf mindestens tausend Höhenmeter schätzte er das Pensum, das er täglich abzustrampeln hatte.

Heute hatte er die 17 Kilometer nach St. Georgen direkt mit dem Fahrrad zurückgelegt, weil der 75. Geburtstag auf dem Weg lag. Und im Groppertal, wo der Jubilar wohnte, machte die Schwarzwaldbahn schon lange nicht mehr Halt.

Bei seinem Chef hatte Riesle derzeit keinen guten Stand. Und das nur, weil er mit einem Tag Verspätung von seinem Indien-Urlaub zurückgekehrt war.

Er ärgerte sich, während er das Hinweisschild zum „Stockwald“ las: Über die Indian Airlines, die den Flug kurzerhand um 24 Stunden verschoben hatten. Über das indische Essen, das ihm jetzt noch gelegentlich Verdauungsschwierigkeiten bereitete. Und über Elke. Die war eigentlich an allem schuld. Die Frau seines besten Freundes Hubertus hatte ihn zu diesem Indien-Trip überredet.

„Du musst zu dir selbst finden, Klaus“, hatte sie ihm nach der Trennung von Kerstin gesagt.

Gefunden hatte er in Indien aber nur die Erkenntnis, dass Urlaube außerhalb von Ferienclubs nicht sein Ding waren. Außerdem wäre er fast von einem Sammeltaxi überfahren worden. Über Kerstin war er zudem kein bisschen hinweg. Und schließlich hatte er die leidvolle Erfahrung gemacht, dass sein Magen-Darm-Trakt nur keimarmes Essen vertrug.

„Selbstfindung“, schimpfte er leise vor sich. Die hätte er vielleicht noch eher in einem einsamen, idyllischen Schwarzwaldtal wie diesem finden können. Irgendwo, wo die echte Zivilisation nicht gleich mehrere Flugstunden entfernt war...

Endlich: Die Weisser-Mühle mit dem großen Getreidesilo und einem für Schwarzwaldhäuser typischen, tief heruntergezogenen Satteldach lag vor ihm. Ein mit Schnitzereien verzierter Holzbrunnen gluckerte leise vor sich hin und wetteiferte mit dem Plätschern der alten Mühle, deren Radschaufeln nur ein paar Meter vom Hof entfernt vom kalten Brigach-Wasser angeschoben wurden. Ein paar Hühner gackerten und pickten auf den sonnenüberfluteten Pflastersteinen herum.

Vor dem Eingang standen mehrere Autos. Nur eines mit dem einheimischen Kennzeichen „VS", die anderen, teureren Wagen mit „HH" und „K". Touristen, vermutete Riesle, und stellte das Fahrrad ab. Dann überlegte er, wie er sich Kühlung verschaffen könnte. So verschwitzt wollte er dem Jubilar und dem sicher auch anwesenden Bürgermeister kaum gegenübertreten. Letzterer hatte Riesle erst dazu genötigt, über den Termin zu berichten.

„Aaah", stöhnte der Journalist. Das tat gut. Er hielt den erhitzten Schädel unter den Wasserstrahl. Erst, als das eisige Quellwasser einen schmerzenden Stich auf seinem Hinterkopf erzeugte, zog er zurück. Er schüttelte seinen Kopf, zog ein Taschentuch heraus und trocknete seine dunklen, kurz geschnitten Haare. Jetzt fühlte er sich frisch. Für einen Moment kam er sich vor wie ein Schwarzwaldbauer 1902 bei der Morgentoilette.

Toilette war ein gutes Stichwort. Die musste er gleich mal aufsuchen. Er fühlte einen kleinen Stich und ein Grummeln in der unteren Bauchgegend. Und das, obwohl er sich heute Morgen mit Zwieback und Kamillentee begnügt hatte. Die indische Küche hatte eine lang anhaltende Wirkung.

Riesle schnappte sich die Fototasche vom Gepäckträger und nahm die wenigen Stufen, die zur Haustür führten. Ein suchender Blick, doch eine Türklingel gab es nicht. Die Haustür stand weit offen. Hier schien die Welt noch in Ordnung, herrschte Grundvertrauen. Riesle überlegte, wie hoch wohl die Verbrechensquote in abgelegenen Schwarzwaldtälern lag. Vermutlich tendierte sie gegen null.

Dann durchschritt er die Türschwelle, musste dabei den Kopf einziehen. Selbst mit nur 1,71 Körpergröße war Riesle für ein 300 Jahre altes Schwarzwaldhaus zu groß. Er betrat einen langen, dunklen Gang, der tief ins Innere führte.

„Hallo?", rief er zaghaft und tastete sich langsam über den Steinboden vor. Links und rechts war der Gang von kleinen, verschlossenen Holztüren gesäumt.

„Hallo? Herr Weisser?", setzte Riesle nach.

Keine Antwort.

„Hallo? Ist da jemand?"

Eine der Türen wurde quietschend geöffnet, ein aschfahler, kahler Schädel herausgestreckt.

„Jo? Wa isch?", kam es aus dem schmallippigen, grimmig verzogenen Mund.

„Herr Weisser?"

„Jo, wer au sonsch?", bellte der Alte zurück.

„Riesle, ‚Schwarzwälder Kurier'. Ich komme wegen Ihres Geburtstages. Alles Gute!", sagte er in einem betont freundlichen Singsang und nestelte an seiner Fototasche herum. Der Alte schien unbeeindruckt, sagte zunächst gar nichts. Doch dann: „Vu de Zeitung? Do isch d'Tür." Er wies mit einer Hand in Richtung Ausgang. „Mir hän hier nix zu feiere und scho gar nix zu berichte."

Na toll, dachte sich Riesle. Für diesen reizenden Menschen hatte er sich nun nach Stockburg durchgeschwitzt. Um ein Gespräch betteln würde er aber nicht. Wortlos drehte er sich um und machte Anstalten zu gehen.

„Hallo, Moment mal!", kam es aus dem Hintergrund. Den tiefen Bass erkannte Riesle sofort – von beinahe täglichen Telefonaten und von Gemeinderatssitzungen. Es war der Bürgermeister der „Bergstadt".

„Ah, Herr Riesle. Schön, dass Sie doch noch den Weg

nach Stockburg gefunden haben", sagte der und klopfte dem Alten kräftig auf die Schulter. „Aber, Herr Weisser. Das haben wir doch gerade eben besprochen. Herr Riesle macht ein paar Fotos und stellt Ihnen ein paar Fragen. Schließlich gehören Sie nach wie vor zu den bekanntesten Einwohnern bei uns hier am Scheitel Alemanniens."

Der Alte schien zu überlegen. Für einen Augenblick musterte er den Bürgermeister und dann Riesle, dem schon wieder Schweißperlen über die Stirn liefen. Dann winkte er den Lokaljournalisten schweigend herein.

Die Holzdielen knarzten, als Riesle die Wohnstube betrat. Der alte Weisser zeigte auf einen Platz am grünen Kachelofen. Riesle legte die Kamera auf der Holzbank ab, blickte auf den Tisch, wo eine Schwarzwälder Kirschtorte und Kaffeegeschirr stand, und begrüßte mit einem Kopfnicken drei weitere Personen, die schweigend um den Esstisch herumsaßen: zwei dunkelhaarige Männer und eine brünette Frau. Der Bürgermeister setzte sich neben Riesle und zwinkerte ihm zu.

Der blickte sich um: Eine typische Schwarzwälder Wohnstube. Mächtige, dunkle Balken durchzogen das Gemäuer. Eine tief herunterhängende Holzdecke, von der über dem rustikalen Esstisch eine mit grünem Raufaser-Stoff und dickem Staub besetzte Schirmlampe herunterbaumelte. Sie leuchtete. Denn obwohl draußen die Sonne schien, ließen die kleinen Fenster nur wenig Licht in die Wohnstube fallen. Eine Standuhr tickte laut. Ebenfalls meldeten sich gleich drei Kuckucksuhren, die alle in der Stube hingen. Weisser schien ein großer Uhrenfreund zu sein. Sonst fiel Riesle nichts auf. Nur ein mächtiges Kruzifix an der Wand, das Schweigen der Geburtstagsrunde sowie ein Müffeln, wie es für diese Art von alten Schwarzwaldhäusern wohl typisch war.

Die Geburtstagsgäste stierten auf ihre Teller. Nur der Bürgermeister versuchte, die peinlich anmutende Stille zu durchbrechen. „Das sind übrigens die Kinder von Herrn Weisser", erklärte er Riesle. „Die sind extra aus Hamburg, Berlin und Köln angereist, um ihrem Vater zum 75. zu gratulieren."

„Aha", machte Riesle. Darauf folgte wieder ein lang anhaltendes Schweigen. Verlegen schaute sich der Bürgermeister um. Doch auch der Alte schien seinen Blicken auszuweichen.

„Vielleicht ein Stück Schwarzwälder Kirschtorte, Herr Riesle?", mimte der Bürgermeister den Gastgeber. „Die hat die Nachbarin von Herrn Weisser gebacken. Schmeckt ausgezeichnet."

„Äh...nein Danke", antwortete Riesle, der an seinen malträtierten Darm dachte und daran, wie er diesem möglichst schnell Erleichterung verschaffen konnte.

„Lassen Sie uns doch erst mal das Foto machen, Herr Riesle", war es wieder der Bürgermeister, der die Initiative ergriff.

Weil er unbedingt mit aufs Bild will, dachte sich Riesle.

„Guter Vorschlag", entgegnete er dann und packte seine Kamera aus. Der Bürgermeister forderte die Geburtstagsgäste derweil auf, sich von ihren Stühlen zu erheben.

„Am besten vor Ihrem Urgroßvater", zeigte er auf die Wand neben dem Kachelofen. Dort hing ein Gemälde, auf dem ein alter, Pfeife rauchender Mann abgebildet war. Er saß vor einem Kachelofen, offenbar der gleiche wie in der Wohnstube, und trug eine bestickte Weste sowie eine schwarze, ebenfalls bestickte Kappe mit einer Kordel, die ihm vor der Stirn herunterhing.

Wortlos folgte die Familie der Aufforderung.

Eine merkwürdige Sippe, dachte Riesle und nahm auf der gegenüberliegenden Seite Aufstellung. Er dirigierte noch etwas, damit auch der Urgroßvater mit aufs Foto kam.

Riesle schaute in die Gesichter. Nur der Bürgermeister bemühte sich um eine freundliche Miene. Sonst lächelte niemand, noch nicht einmal der alte Mann in Öl. Er hatte die Mund- und Augenpartie ähnlich grimmig verzogen wie der Jubilar. Keine Zier für die morgige Ausgabe des „Schwarzwälder Kurier".

Als Riesle abdrückte, blitzte es kurz auf.

Dann schien den Journalisten der Blitz zu treffen – und zwar in der unteren Bauchgegend. Jetzt musste alles schnell gehen, sonst...

„Äh...ich müsste mal....äh...zur Toilette?", brachte er nur stammelnd hervor.

Der Bürgermeister kannte sich offenbar aus: „Zur Tür hinaus, links die Treppe nach oben nehmen. Dann den Gang rechts, zweite Tür links."

Noch während er bei der Wegbeschreibung war, hatte Riesle die Kamera rasch auf einen Holzschemel gelegt und den Türgriff in die Hand genommen. Er jagte die Treppe hinauf, nahm drei Stufen auf einmal. Raste um die Ecke, obwohl er kaum etwas sah. Hier oben war es noch finsterer als in der Wohnstube.

„Welche Tür noch mal?... rechts oder links?... Verdammt!", fluchte er und spürte einen erneuten Stich im Bauch. Er riss die Türen auf der rechten Seite auf: Eine gut gefüllte Abstellkammer mit einigen Besen, die auch schon bessere Tage gesehen hatten. Selbst beim flüchtigen Blick entdeckte Riesle zahllose Spinnweben. Ein Schlafzimmer, in dem ein Holz-Doppelbett über die Hälfte des Raumes ausfüllte. Außerdem erspähte er eine klobige dunkelbraune 50er- oder 60er-Jahre-Kommode sowie eine weitere Kuckucksuhr an der Wand. Schließlich ein Arbeitszimmer, dem man ansah, dass keine Frau mehr im Haus war. Papier und Rechnungen stapelten sich und es schien, als sei dem Hausherrn der Bürokram schon seit geraumer Zeit über den Kopf gewachsen. Oder als habe er einfach aufgehört, sich Gedanken darüber zu machen. Auch hier roch es modrig.

„Verflixt nochmal!", fluchte Riesle und begann erneut, heftig zu schwitzen. Dann nahm er sich die Türen auf der linken Flurseite vor. Hinter der ersten war wieder nur eine kleine Kammer, in der allerlei Unrat aufgetürmt war. Die zweite Tür: Abgeschlossen!

„Besetzt!", kam es aus dem Inneren. Auch das noch! Für einen Moment erinnerte er sich an seinen Rückflug von Delhi nach Frankfurt. Der reinste Horror! Auch da war die Bordtoilette ständig besetzt gewesen, hatte Riesle sogar kurzzeitig überlegt, ob er sich nicht für den ganzen Flug dort einschließen sollte...

Ein paar Sekunden hielt er es noch auf dem Läufer vor der Toilette aus. Tippelte nervös hin und her, versuchte sich zu konzentrieren. Er lauschte für einen Moment, doch im Inneren der Toilette schien sich nichts zu tun. Dann drückte er zuerst einmal die Türklinke, dann zweimal, und schließlich begann er heftig daran zu rütteln.

„Entschuldigung", wimmerte er dann. „Aber es ist wirklich dringend!"

„Besetzt!", kam es jetzt schroff von der anderen Seite der Tür. Und in Riesle reifte die Gewissheit, dass er sofort etwas unternehmen musste. Panisch blickte er sich um. Eine zweite Toilette würde es in einem alten Schwarzwaldhaus wie diesem kaum geben. Also nichts wie raus! Am anderen Ende des Flurs sah er eine Tür mit einem eingelassenen Glasfenster. Offen! Zum Glück!

Riesle hastete eine Treppe herunter und kam in Weissers alten Steingarten. Eigentlich nicht der geeignete Ort. Aber da jede weitere Bewegung zu einem Malheur geführt hätte, begnügte er sich mit dem einzigen Baum des Gartens.

„Das war knapp", flüsterte er vor sich hin, während er

ein lautes Schmatzen vernahm. Es kam von der rechten Seite. Jemand beobachtete ihn. Riesle bekam den nächsten Schweißausbruch und Pulsrasen. Er riss den Kopf herum und blickte in zwei große Augen. Sie gehörten einer braun gescheckten Kuh, die gerade ein paar Grashalme zermalmte und ihn neugierig über den Zaun anstarrte...

Als er gerade wieder die Tür zum Haus hinter sich zugezogen hatte, stand ein Mann mittleren Alters mit einem großen, fast spitz zulaufenden Bauch vor ihm.

„Was machen Sie hier?", fragte der Mann mit verschränkten Armen.

„Riesle. Klaus Riesle. ‚Schwarzwälder Kurier'. Ich berichte über Herrn Weissers 75. Geburtstag. Und wer sind Sie?"

„Hoffmann. Ich bin Weissers Schwiegersohn aus Hamburg. Muss ja ein toller Job sein, den Sie haben. Und zu Ihrer Tätigkeit gehört wohl auch, Haus und Garten zu inspizieren, wie?"

Klaus ärgerte sich zunächst maßlos über die großstädtische Arroganz, lächelte dann aber den Mann an und sagte: „Das alte Laster. Ich wollte doch nicht in Herrn Weissers Wohnstube rauchen."

Glücklicherweise gab sich der Schwiegersohn mit der Auskunft zufrieden und wechselte das Thema: „Und, was haben Sie für einen Eindruck von dem Alten?"

Riesle stutzte. Der Alte? „Ist doch noch ganz fit, oder?"

„Körperlich vielleicht schon, aber geistig?" Der Schwiegersohn machte eine Scheibenwischerbewegung. „Sie sollten nicht alles auf die Goldwaage legen, was er sagt. Er war schon immer seltsam. Aber seit dem Tod der Schwiegermutter vor einem Jahr ist er noch kauziger geworden. Er geht kaum noch aus dem Haus, verkriecht sich in seinem Steingarten und in diesem dunklen Loch hier. Sogar sein Ratsmandat hat er aufgegeben."

„Woran ist Frau Weisser denn gestorben?“, fragte Riesle.

„Schlaganfall. Die medizinische Versorgung in diesem Kaff ist ja auch nicht die beste...“

Ganz schön großspurig, dachte sich Riesle und schaute demonstrativ auf seine Armbanduhr. „So, ich muss dann mal wieder runter“, sagte er und nahm die ersten Treppenstufen.

„Mussten Sie vorhin nicht ganz dringend auf die Toilette?“, rief ihm der Schwiegersohn hinterher.

„Ach, das hätte ich ja fast vergessen. Gut, dass Sie mich daran erinnern.“ Klaus spürte, wie sich seine Wangen erhitzten. Er fühlte den durchdringenden Blick des Schwiegersohns, der schon auf der schmalen Treppe stand und an dessen überdimensionalen Bauch er sich nun vorbeidrücken musste. So riesig diese alten Schwarzwaldhäuser von außen wirkten, so eng waren sie im Inneren.

Als Klaus die Toilettentür hinter sich zuzog, wischte er sich zum wiederholten Mal an diesem Morgen den Schweiß von der Stirn. Mit Toilettenpapier.

5. ABRECHNUNG

Riesle wartete einige Minuten und ging dann die Treppe hinunter. Wo war noch gleich die Wohnstube? Dieses Haus war wirklich das reinste Labyrinth. Doch diesmal musste er nicht lange suchen, denn Weissers scheppernde Stimme war gut zu hören. Die Türe der Stube war einen Spalt geöffnet. Durch den hatte er einen guten Blick auf die Szenerie am Kachelofen und das griesgrämige Gesicht des Alten. Riesle blieb neugierig im Dunkel des Gangs, lehnte sich an den Türrahmen.

„Letschtlich seid Ihr alle Taugenichtse“, krächzte Weisser gerade. „Und jetzt meinet Ihr, i' müsst wieder de Zaschter rausrücke.“ Sein Gesicht war nun mit dicken Rillen durchzogen.

„Aber, Herr Weisser“, beschwichtigte der Bürgermeister, dessen nervöse Augen abwechselnd auf den Alten und auf den Urgroßvater im Bilderrahmen gerichtet waren. „Jetzt sind Sie aber vielleicht ein bisschen hart in Ihrem Urteil...“

„Ha!“, lachte der Alte kurz auf. Doch es war kein wirkliches Lachen, eher ein Ächzen. Weißer Speichel hing an seinen Mundwinkeln. Er schien sehr erregt. „Dass i' nit lach! Wo waret denn meine feine Kinder, als mei Frau g'schtorbe isch? Keiner vo euch hät ihr g'holfe. D' Elisabeth lag noch ä paar Tag im Kranke'haus. Als hätt sie auf euch g'wartet. Doch keiner isch rechtzeitig komme.“

„Aber Vadder“, meldete sich die brünette Frau erstmals zu Wort. „Wir waren ja dann da. Zuvor mussten wir eben arbeidden. Un von Hamburch nach Stockburch is jo auch nich um die Egge...“

Riesle, der immer noch durch den Spalt der angelehnten

Tür in die Wohnstube spickte, wunderte sich. Ein Schwarzwaldmädel mit Hamburger Zungenschlag. Ob der Dialekt dem Alten gefiel?

„Schwätz au nit so g'stelzt doher", unterbrach Weisser sie schroff. „Früher häsch no Bape zu mir g'sait und isern Dialekt g'schwätzt. Jetzt plappersch grad wie so ä daherg'laufene Tourischtin. No schlimmer als dei Ma'. Von deiner Heimat willsch nix mehr wisse. In de letzschte drei Johr warsch grad einmal do. Und dann au' nur zur Beerdigung deiner Mama. Es isch ä Schand!"

„Mein neues Zuhause is nu mal Hamburch. Dort is jo auch mein Eberhard", verteidigte sich die Tochter.

„Ha!" Wieder dieses Ächzen. „Du meinsch wohl sellen schräge Fischkopf, der lieber in d'Karibik als in de Schwarzwald fährt. Un vo Kinder will er au nix wisse. Aber vo meinem Geld..."

Weissers Stimme wurde lauter, ein paar Spritzer Speichel landeten auf den Holzdielen. Sein scharfer Blick traf den Angesprochenen, der scheinbar ungerührt am Kachelofen stand. Man sah ihm den Norddeutschen an. Blonde Haare, blasser Teint. Sein spitz zulaufender Bauch zeigte direkt auf Weisser Senior.

„Aber Papa", mischte sich jetzt einer der Söhne, offenbar der Jüngere, ein. Zumindest wirkte er mit seinen langen, zotteligen Haaren und dem tief aufgeknöpften hellblauen Hemd jugendlicher als der andere. „Wir wohnen nun mal weit weg von hier und führen unser eigenes Leben. In Berlin..."

„In Berlin. Jo, genau...", unterbrach der alte Weisser. „Berlin hät di' vo Grund auf versaut. Mir habet dir immer Geld g'schickt, damit du studiersch. Und dann hän mer erfahre, warum du so viel Geld brauchsch. Zwei Kinder häsch mit zwei Fraue, und lebsch doch wieder allei. Studiere tusch scho lang ni' me'. Lebsch vo Hartz IV und liegsch mit 37 uf de faule Haut. Un dei Mutter hät immer so große Stücke uf di' g'halte. Es isch zum Heule."

Der Sohn senkte den Blick auf die Schwarzwälder Kirsch, die Tochter starrte auf die tickende Standuhr. Nur der zweite Sohn, der einen eleganten Anzug mit Krawatte trug und damit einen krassen Gegensatz zu seinem leger gekleideten Bruder darstellte, blickte durch seine randlose Brille auf. „Und was ist mit mir? Hab ich deine Erwartungen auch nicht erfüllt?" Er erhob sich von dem rustikalen Stuhl und ging auf Weisser zu. Ein selbstsicheres Bürschchen, dachte sich Riesle. Für seinen Geschmack etwas zu selbstsicher.

„Einser-Abschluss in BWL, Doktor mit summa cum laude. Leiter des Außendienstes bei der Projektor AG in Köln; immerhin dem führenden Anbieter von Beamern in ganz Deutschland." Sein Tonfall hatte etwas Provozierendes, obwohl seine Stimme weich wirkte.

„Ja, sicher. Beruflich hasch du deinen Weg g'macht. Aber des isch au nit alles..." Der alte Weisser geriet ins Stocken.

„Aha! Da haben wir's wieder." Der Sohn wurde lauter. „Privat war ich immer eine Enttäuschung für euch, nicht wahr? Privat habe ich eure Erwartungen nicht erfüllt. Privat hab ich euch überfordert, weil ich schwul bin und das auch noch offen ausgelebt habe. Deswegen, Vater. Deswegen bin ich aus diesem Kaff hier geflüchtet und hab euch so selten besucht."

„Du hättsch uns ruhig b'suche könne. Nur ebe nit mit deinem..." Weisser suchte den Blick des Urgroßvaters an der Wand.

„Mein Freund, Vater, mein schwuler Freund, mein Geliebter. Sprich's ruhig aus. Aber damit hattet ihr immer ein Problem. Dietrich durfte ich nie mitbringen. Noch nicht mal zur Beerdigung."

„Du hättsch mit dem Kerl wahrscheinlich no Händle auf 'em Friedhof g'halte." Der Alte verzog angeekelt sein

Gesicht, wieder traten dicke Rillen hervor. „Und heut, heut bisch wieder da. Aber nit wege meinem Geburtstag, sondern weil dein Erbteil aus'zahlt habe willsch. Weil du Angscht hasch, i' könnt dich vielleicht ganz enterbe. Un wenn i' euch nit mitteilt hätt, dass i' was wege dem Erbe mit euch berede will, wäret ihr wahrscheinlich gar nit kumme."

Dann machte Weisser eine abrupte Bewegung und schlug mit der Faust auf den Tisch. Das Kaffeegeschirr klapperte, alle starrten ihn an.

„Un ihr Andere, ihr wollt au nur mei Geld. Des Großstadtlebe isch teuer, wie? Aber wartet nur. Für euch hab i ä Überraschung. Ihr werdet euch umgucke."

„Was?", kam es vom Schwiegersohn.

„Umschauen", schrie Weisser und betonte die en-Endung.

„Was hast du vor?", fragte die Tochter sanft. Es schien, als wollte sie ihren Vater damit beruhigen. Und tatsächlich: Weisser wurde leiser. Aber keineswegs freundlicher...

Riesle, der immer noch im Türrahmen kauerte, verzog die Mundwinkel und strich über seinen Bauch. Die Geräusche, die von dort kamen, hörten sich gefährlich an. Nicht schon wieder...

„Geld, Geld, des isch alles, was bei euch zählt. Vo wege erbe. Fascht mei g'samtes Barvermöge, 300.000 Euro, hab i' letzscht Woch bei de Bank abg'holt un an äme geheime Ort deponiert!"

Für einen Moment Stille.

Die Geschwister warfen sich fragende Blicke zu, sagten aber nichts. Jetzt schaltete sich der Bürgermeister ein, der den Streit gebannt verfolgt hatte: „Und was wollen Sie damit bezwecken, Herr Weisser?"

Weisser setzte sich an den Kachelofen, zog die Kuchenplatte zu sich heran und schnitt sich ein Stück Schwarzwälder Kirschtorte ab.

„I' hab für mei' liebe Verwandschaft ä kleines Spiel vorbereitet. Sie soll sich ihrer Heimat und ihrer Eltern würdig erweise, wenn sie des Geld will. Und des soll sie hier im Schwarzwald suche", sagte der Alte. Er hatte sich nun wieder völlig beruhigt und schob sich mit der Kuchengabel fast genüsslich ein besonders großes Stück in den Mund.

„Das ist doch ein schlechter Witz", mischte sich der Schwiegersohn ein.

„Mal gucke, wer darüber zu lache hat", erwiderte der Alte. „I' hab mir für euch ä feines Schwarzwald-Rätsel aus'dacht. Es isch ä ganz b'sundres Rätsel. Ä Rätsel, des nit nur mit 'em Schwarzwald, sondern au' mit der Familie Weisser zu tun hät."

Der alte Mann schaute zuerst zum gemalten Urgroßvater, zeigte dann mit dem Finger auf jedes seiner Kinder. „Eure Familie, falls ihr es nit scho vergesse habt. Wenn ihr des Rätsel löst, werdet ihr des Geld finde. Aber i bin mir sicher: Ihr schafft des nit. Außerdem müsstet ihr dazu ä paar Tag hier im Schwarzwald bleibe."

„Der Alte will 'ne Schnitzeljagd veranstalten", raunzte der Schwiegersohn verächtlich.

„Nenn's, wie du willsch, Fischkopf", zischte der Alte zurück und baute sich vor ihm auf. „Ihr seid übrigens formell scho jetzt alle enterbt! Macht euch also kei' Hoffnung, dass ihr was ei'klage könnt, wenn ihr des Geld nit findet. Des Haus hier" – er breitete die Arme aus – „goht übrigens nach meinem Ablebe an d'Stadt."

Er wies auf den Bürgermeister. Das Stadtoberhaupt war unangenehm berührt von so viel Aufmerksamkeit, doch die Nachricht als solche schien ihm nicht neu.

„Darin wird e'mol ä schönes Uhre'museum ei'g'richtet. Des könnt ihr denn au mal b'suche un euch über de Schwarzwald un mine Uhre informiere. Aber des wird no' einige Johr dauere, Herr Bürgermeischter. So en alte Schwarzwälder vergoht nit so schnell."

„Was ist denn jetzt mit dem Rätsel?“, fragte die Tochter, als sich die Kinder wieder von dem Schreck erholt hatten.

„Vielleicht findet ihr ja im ‚Kurier‘ en Hinweis...“, meinte Weisser.

„Der ‚Kurier‘ – das ist doch die Zeitung, bei der dieser Journalist arbeitet. Wo ist der eigentlich? Und wann erscheint zu unserem Erbe was im ‚Kurier‘?“, fragte der jüngere Sohn und schloss einen Knopf an seinem Hemd.

„Des würd'sch wohl gern wisse?“, triumphierte der alte Weisser. „Lass dir halt Zit, beschäftig dich mit isere Heimat oder geh leer aus und z'rück in dei verdreckte Hauptstadt. I sag nur so viel: 10. Juni isch Stichtag. Wenn ihr des Geld nit bis in sechs Dag g'funde habt, isch's für euch verlore.“

„Aber Vater, was soll dieses Spiel? Wann begreifst du endlich, dass deine Kinder ihre eigenen Wege gehen müssen? Und in einer globalisierten Welt wie der heutigen sind die Dinge nun mal im Fluss“, redet der ältere Sohn auf ihn ein.

„Im Fluss? Ha! Euer Fluss wär hier an de Mühle g'wese, hier a de Brigach“, bellte der Alte.

In diesem Moment hörten sie ein dumpfes Geräusch und ein gezischtes „Mist!“.

Der Alte lief schnell zur angelehnten Tür und zog sie auf. Dahinter kniete Klaus Riesle, der auf dem Boden nach seinem Handy suchte.

„Aha – der Herr Redakteur hät g'lauscht“.

Riesle hatte einen roten Kopf und Schweißperlen auf der Stirn. Aber nicht nur, weil ihm die Situation peinlich war; besonders vor dem Bürgermeister. Riesle musste wieder dringend – und diesmal nahm er sich vor, wirklich die Toilette zu benutzen...

6. SCHWARZWÄLDER KIRSCH

Klaus Riesle betrachtete die Zeitungsseite auf dem Bildschirm seines Computers. Die Hauptversammlung des Kaninchenzüchtervereins hatte er gerade abgearbeitet. Das Foto mit den Ehrungen für langjährige Mitgliedschaft eingesetzt. Wie Orgelpfeifen hatten sich die Geehrten für das Foto aufgestellt.

Er betrachtete die Uhr auf der unteren Leiste des Bildschirms. 17 Uhr 22. Nur noch gut anderthalb Stunden bis Redaktionsschluss. Und noch immer musste er die Terminübersicht für den folgenden Tag schreiben. Außerdem fehlte noch das Einscannen des Geburtstagsfotos sowie der Artikel über den Jubilar. Damit tat sich Riesle besonders schwer. Immer wieder hatte er das Schreiben des Artikels auf eine spätere Uhrzeit verschoben. Der Streit zwischen Weisser und seinen Kindern ging ihm nicht aus dem Kopf. Ebenso das anschließende Flehen des Bürgermeisters, nichts von alledem zu veröffentlichen. Auch nichts von dem seltsamen Rätsel des Alten.

Normalerweise hätte sich Riesle locker darüber hinweggesetzt. Hätte, ja hätte er nicht an einem ganz besonders schlimmen Nachmittag vergangener Woche, als ihn der Weltschmerz und die Trennung von Kerstin über Gebühr beschäftigt hatten, in einer Kneipe in der St. Georgener Bahnhofstraße nachmittags dem Alkohol zugesprochen. Leider war danach noch Gemeinderatssitzung gewesen und sein Torkeln dem Stadtoberhaupt nicht entgangen.

Deshalb beschränkte sich Riesle auf die kommunalpolitischen Verdienste Weissers, auf den „tragischen Verlust seiner Ehefrau“ sowie auf die Lobeshymnen des Bürgermeisters. Die Kinder erwähnte er nur in der Bildunterzeile. Überschrift: „Zum 75. eine Schwarzwälder Kirschtorte". Lokaljournalismus war schon ein hartes Brot.

Jetzt fehlte nur noch Weissers Glückwunschfoto: Der in Öl gefasste Großvater würde das Bild etwas auflockern. Riesle schnappte sich die Digitalkamera und ging die Fotos durch: Doch keine Spur vom Bürgermeister und der Geburtstagsfeier, die eigentlich keine war. Immer wieder drückte er auf den Knopf, hoffte auf das das nächste Foto. Es schien wie verhext.

Nach dem dritten Durchlauf war er sich sicher: Entweder hatte er nicht richtig auf den Auslöser gedrückt oder das Foto aus Versehen gelöscht – was ihm schon einmal passiert war. Oder der Urgroßvater hatte die Familie mit einem Fluch belegt.

Was sollte er nur tun? Das Bild musste unbedingt in die morgige Ausgabe. Er sah schon das gerötete Gesicht und den weit aufgerissenen Mund seines Redaktionsleiters vor sich. Sicher würde Riesle einen der cholerischen Anfälle über sich ergehen lassen müssen. Aber noch gab er nicht auf!

Hektisch griff er zum Telefonbuch und suchte nach der Nummer des Jubilars. „Weisser, Weisser, Weisser", betete Riesle die Namen herunter. Wieso gab es da nur so viele? Und wie war noch gleich der Vorname des Jubilars gewesen? Nervös kramte er nach seinem Block in der Ablage neben der Computertastatur. Seine Notizen konnte er selbst kaum noch erkennen. „Christian, Johannes, Maria." Das waren die Vornamen der Kinder. Johannes war der Kölner, der mit seinem Job geprahlt hatte. Dann endlich, nach einigem Blättern: „Kurt". Zum Glück gab das Telefonbuch nur einen Weisser mit diesem Vornamen her. Er griff zum Telefonhörer, wählte die Nummer. Freizeichen.

Noch immer Freizeichen. Keine Antwort!

Der Journalist versuchte es erneut, wieder ohne Erfolg. Vermutlich war der Alte in seinem Steingarten und räumte gerade Riesles peinliche Hinterlassenschaften weg. Ob es wirklich eine so gute Idee war, noch mal ins Groppertal zu fahren?

Dann griff er abermals zum Hörer. Am anderen Ende der Leitung war nun Frau Maier, die strenge Vorzimmerdamme des Bürgermeisters.

„Guten Abend, Frau Maier, bitte geben Sie mir ganz schnell den Bürgermeister“, bat Riesle.

„Herr Bürgermeister, Gott sei Dank!... ja, ein Notfall… Sie müssen unbedingt mit mir noch mal zu Weisser rausfahren… jetzt gleich, bitte!... warum?... weil das Foto nichts geworden ist, wir müssen es noch mal schießen… was weiß ich warum? Ich bin ja kein professioneller Fotograf… von mir aus haben Sie einen gut bei mir… ob Sie mich wohl mit Ihrem Wagen in der Redaktion abholen könnten? Mit dem Fahrrad schaff ich's nicht mehr rechtzeitig… dann haben Sie eben noch einen gut!... nein, ich habe nichts von dem Zwischenfall mit Weissers Kindern im Artikel erwähnt...“

Riesle seufzte. Er hasste es, sich in Abhängigkeiten zu begeben.

Zum Glück war dem Bürgermeister die Präsenz in der morgigen Ausgabe wichtiger als die Sitzung des Partnerschaftsausschusses. Nur wenige Minuten spater stand der anthrazitfarbene Mercedes vor dem Eingang der Redaktion. Der Bürgermeister beugte sich über den Beifahrersitz und stieß die Seitentür auf. Riesle legte die Fototasche in den Fußraum und hechtete sich auf den schwarzledernen Sitz.

„Danke!“, keuchte er und sah auf die Uhr. Noch 70 Minuten bis Redaktionsschluss. Hoffentlich gab das Stadtoberhaupt Gas.

„Erzählen Sie mir doch noch zwei, drei Sätze über Herrn Weisser“, bat Riesle den Bürgermeister, während er es sich in den schwarzen Polstern bequem machte und die Klimaanlage zu schätzen lernte. Das war schon etwas anderes als Riesles alter Kadett, der in der Garage eines Kumpels vor sich hingammelte und darauf wartete, dass sein Besitzer den Führerschein zurückbekäme. Vielleicht, so dachte Riesle, würde er aber auch gar nicht mehr auf den Kadett zurückgreifen, würde sich ein größeres, beim weiblichen Geschlecht besser ankommendes Auto besorgen können, wenn er das Geld...

„Klar ist: Sie schreiben aber nichts davon?"

Riesle nickte.

„Weisser war schon immer ein eigenwilliger, aber fleißiger Gemeinderat", sagte der Bürgermeister. „Fragen Sie mal Ihren Kollegen, für den Sie momentan Vertretung machen. Weisser nahm nie ein Blatt vor den Mund, und das hat ihm die Sympathien vieler Leute eingebracht. Ein hundertprozentiger Schwarzwälder mit einem gerüttelt Maß an Bauernschläue, stolz auf seinen Hof, seine Mühle, seine Frau, seine Uhrensammlung, die Landschaft, das Brauchtum – und früher auch auf seine Kinder. Als sie noch klein waren..."

„Jetzt wohl nicht mehr", bemerkte Riesle sarkastisch, als sie auf den Hof einbogen. Noch immer plätscherten Mühle und Brunnen um die Wette. Die Autos der Weisser-Kinder waren allerdings nicht mehr da, der Geburtstag schien beendet. Dann musste das Glückwunschfoto eben ohne Kinder auskommen. Jubilar, Bürgermeister und Urgroßvater taten es auch. Hauptsache, es ging schnell.

„Seit dem Tod seiner Frau ist er viel verschlossener und mürrischer geworden." Der Bürgermeister bremste das Fahrzeug ab. „Geradezu verbittert. Ich habe ihn selbst gedrängt, trotz seines Alters noch mal für den Gemeinderat zu kandidieren. Aber keine Chance."

Er stieg aus dem Wagen. „Er wollte auch keine Öffentlichkeit mehr, ganz anders als früher, war einfach enttäuscht vom Leben und von seinen Kindern. Deshalb wollte er Sie heute Morgen zunächst auch rauswerfen. Aber Weisser ist immer für eine Überraschung gut."

„Wie bei diesem Rätsel", nickte Riesle. „Meinen Sie, er blufft?"

Der Bürgermeister schüttelte den Kopf. „Was Weisser sagt, macht er auch. Das war schon im Gemeinderat so. Aber jetzt Ruhe – und vergessen Sie nicht: Kein Wort in der Zeitung!" Er klopfte an die Holztür. Sie war einen Spalt weit geöffnet.

„Herr Weisser!", rief der Bürgermeister. „Herr Weisser? Wir müssen leider das Bild noch mal machen."

Sie betraten den dunklen Gang. „Meinen Sie, er ist in Sachen Rätsel unterwegs?", flüsterte Riesle, der immer unruhiger wurde. Er betrat das Wohnzimmer und klopfte im Hineingehen an die offenstehende Tür.

„Das Geschirr ist noch nicht aufgeräumt", murmelte er in Richtung des Urgroßvaters, den das nicht zu stören schien, so wie er würdevoll, aber etwas grimmig aus seinem Rahmen schaute.

Riesle und der Bürgermeister sahen es schließlich gleichzeitig: Zwischen den Tassen, den Löffeln und Kuchengabeln, der halbvollen Kanne Kaffee und einer Flasche Mineralwasser war der Hausherr zu erkennen. Er saß auf seinem Stuhl, doch sein Oberkörper lehnte auf dem Tisch und sein Gesicht hatte sich in die Reste der Schwarzwälder Kirschtorte eingegraben.

„Um Gottes Willen!", rief der Bürgermeister, beugte sich über den alten Weisser und fasste mit den Fingerspitzen ganz vorsichtig den Kopf an. Dann hob er ihn langsam an und legte ihn neben der Kuchenplatte ab. Die Züge Weissers waren mit Sahne und Biskuitfetzen überzogen und kaum noch zu erkennen. Der Bürgermeister tupfte mit einer Serviette ganz vorsichtig über das Gesicht und fühlte ungelenk den Puls des Alten.

„Ich glaube, er ist tot“, stammelte er dann. „Wohl ein Herzinfarkt. Er muss sich so sehr über seine Kinder aufgeregt haben...“

Riesle atmete tief durch. Für seine Geschichte hatte er nun genügend Stoff, um das fehlende Bild wettzumachen.

7. STÖRENFRIED

Hubertus Hummel sah wieder einmal auf die Küchenuhr. Kurz nach sieben. Viereinhalb Stunden hatte Maximilian vergangene Nacht geschlafen. Immerhin.

Er fütterte den Kleinen mit Karottenbrei und versuchte gleichzeitig, den „Schwarzwälder Kurier“ zu lesen. Ein Vorhaben, das zum Scheitern verurteilt war. Die kleinen Händchen seines Enkels waren überall: Mal im Plastikschüsselchen, dann auf Hubertus' Hemd. Das würde er gleich wieder wechseln müssen. Schließlich auf den Zeitungsseiten, die sich gelb-orange zu verfärben begannen. Dafür klebte ein Teil der Zeitung sowie vor allem die Druckerschwärze an den Fingerchen von Maximilian.

Hubertus seufzte und überlegte, ob es richtig war, sich in diesem Stillstreit so gegen seine Frau durchzusetzen. Elke war der Meinung, dass eine gute Mutter am besten ihr Kind noch im dritten Lebensjahr stillen und erst möglichst spät zufüttern sollte.

„Der Kleine darf nicht vom Fleisch fallen“, lautete hingegen das Credo von Hubertus. Wann immer es seine Frau nicht sah, organisierte er Maxi eine Extraration Brei.

Wenn nur ein Zehntel aller Großväter so fürsorglich wären wie ich, dachte Hubertus recht selbstzufrieden. Dann fiel ihm die Mutter des Kindes ein. Komisch, ihre Position in diesem Streit wusste er gar nicht. Offenbar hatte mit ihr noch nie jemand darüber gesprochen. Hm.

Er legte seufzend die Zeitung beiseite, fütterte den Enkel gewissenhaft fertig und ließ ihn sein Bäuerchen machen. Wenigstens das klappte heute. Dass das Bäuerchen weitere Spuren auf Hubertus' Hemd hinterließ, bemerkte dieser nicht.

Als der Enkel sich tatsächlich ohne größeren Widerstand in seine Sitzschale bugsieren ließ, nutzte Hummel die ihm schätzungsweise noch verbleibenden sieben Minuten, die verklebte Zeitung durchzublättern. Er wollte sich lediglich einen kurzen Überblick verschaffen: Überregionaler Teil, Gemeinderat, Polizeimeldungen, Vereinsleben, ein paar Leserbriefe zum Villinger Marktbrunnen, schon war er bei der „Umland"-Seite. Das ging im Normalfall noch schneller, weil er sich für die ländlichen Ortschaften nur bedingt interessierte.

Bis, ja bis er auf eine Geschichte mit dem recht marktschreierischen Titel „Tod in der Torte" stieß. Autor war ein gewisser Klaus Riesle. Natürlich, hätte er sich ja denken können.

Als Hummel den Schluss des Artikels gelesen hatte, war er einigermaßen fassungslos. Zum einen über das offenbar tatsächlich Geschehene: Der Tod eines langjährigen Gemeinderates an dessen Geburtstag, dazu Geheimnisvolles über ein Rätsel, das der Mann kurz vor seinem Ableben initiiert hatte. Zum anderen war Hummel entsetzt über die mehr als blumige Sprache, die von einem Verzicht auf Pietät und korrekte Satzstellung zu Gunsten von Mutmaßungen geprägt war. Beides hatte er Riesle schon ein paar Mal vorgeworfen, denn Sätze wie „Ob jedoch alle Kinder ehrlich trauern, bleibt abzuwarten" oder „Starb Weisser wirklich eines natürlichen Todes? Jetzt ist die Polizei gefordert" entsprachen nicht seiner Vorstellung von sauberem Journalismus. Er las den Artikel ein zweites Mal, fand ihn jedoch auch danach nicht wirklich besser.

Wieder blickte Hubertus zur Uhr: Er würde zu spät zu seiner neunten Klasse und den Aufgaben des Vermittlungsausschusses kommen. Doch alles war besser, als Pergel-Bülows heute Morgen in die Arme zu laufen.

Wo Elke nur blieb? Die sollte ihn doch ablösen.

Na, endlich, da war sie. Höchste Zeit, denn Maximilian schien es in seiner Sitzschale schon langweilig zu werden. Oder er hatte zu schnell und zu viel gegessen. Jedenfalls wimmerte er vor sich hin. Vielleicht war es auch die Druckerschwärze, an der er geleckt hatte.

„Bis du endlich fertig mit der Meditation?“, empfing Hubertus gallig seine im cremefarbenen Jogginganzug die Treppe herunterschwebende Frau.

„Wenn ich deine Laune sehe, solltest du das endlich auch versuchen“, gab die zurück. „Nimm dir mal ein Beispiel an...“

„Hör mir auf mit Pergel-Bülow“, kam ihr Hubertus eine Spur zu laut zuvor, worauf Maximilian nun wirklich zu schreien anfing.

Elke ersparte sich eine Antwort, tätschelte den Enkel und hängte ihm schließlich ein Bernstein-Kettchen um, das sie am Vortag aus der Innenstadt mitgebracht hatte.

„Das hilft bei der Zahnung“, erläuterte sie.

Hubertus’ Blutdruck ging noch weiter in die Höhe. „Bei der Zahnung? Er zahnt doch erst in ein paar Monaten! Herrgott, wo habe ich nur meine Tasche?“

„Erstens“ – nun hatte Elke den Kleinen im Arm – „ist es sinnvoll, schon sehr früh damit anzufangen, und zweitens hast du heute meines Wissens erst in der dritten Stunde Unterricht.“

Hubertus, der gerade dabei war, sich ein fleckenloses Hemd anzuziehen, und wegen des Bernsteins zurückpoltern wollte, hielt inne. Bei näherer Betrachtung kam er zum Schluss, dass er übermüdet war und seine Frau Recht hatte. Er setzte sich wieder auf seinen Küchenstuhl und atmete durch. Das Thema Bernstein ließe sich sicher auch noch zu einem späteren Zeitpunkt vertiefen.

Stattdessen griff sich Hubertus die auf dem Tisch liegende Einladungsliste von Martinas und Didis Hochzeit. 120 Gäste würden sich einfinden, darunter etliche, auf die er gerne verzichtet hätte. Nun denn, als Brautvater würde er eine Rede halten müssen. Mal überlegen...

Es klingelte an der Haustür. Nicht ein-, nicht zwei-, nein, gleich dreimal.

Hummel sprang auf und fluchte, weil der gerade noch still in Elkes Arm verharrende Enkel erschrocken war und erneut zu brüllen begonnen hatte. Martina war jetzt sicher auch wach.

„Welcher Idiot...?", rief Hubertus, während er die Tür öffnete.

„Morgen", sagte Klaus Riesle, der mit dem Rad gekommen war und entsprechend schwitzte. „Hast du schon meine Geschichte gelesen?"

Der Text im Boulevard-Stil, die Tatsache, dass sich Riesle zuletzt kaum noch bei ihm gemeldet und dass er kinderfeindliche Äußerungen getätigt hatte, dass er nun einfach so hereinplatzte und nebenbei noch die Familie damit aufmischte – da kam einiges zusammen.

„Meinst du dieses Gegeifere, bei dem man aus jedem Halbsatz herauszulesen glaubt, dass der Verfasser sich am Tode eines Menschen erfreut, weil sich ihm dadurch eine ‚sensationelle Geschichte' bietet?", fiel die Antwort entsprechend unfreundlich aus.

Riesle, der den unausgesprochenen Konflikt mit seinem Kumpel eigentlich an diesem Morgen hatte beilegen wollen, stutzte. Wenn Hubertus nicht an einer Versöhnung gelegen war – bitteschön.

„O, der Herr Lehrer spricht wieder", gab Riesle zurück, dessen Laune durch das ständige Radfahren nicht eben besser geworden war. „Verzeih bitte, dass wir nicht nur für Oberstudienräte, sondern auch für das gemeine Volk schreiben. Und verzeih auch, dass es bei uns so etwas wie

Zeitdruck gibt.“ Er fuhr sich über die schweißnasse Stirn. „Kurz vor Redaktionsschluss einen Artikel komplett umzuschreiben – das ist etwas anderes als sich tagelang auf eine Schulstunde vorbereiten zu können.“

In seinem neuen, blütenweißen Hemd stand Hubertus im Türrahmen, der ohnehin etwas kleinere Riesle zwei Stufen weiter unten. Sie starrten sich beide aufgebracht an. Riesle überlegte, ob er einfach kehrtmachen und sich alleine der rätselhaften Geschichte um den alten Weisser widmen sollte. Hubertus tendierte zwischenzeitlich dazu, seinem Kumpel – war er es überhaupt noch? – einfach die Tür vor der Nase zuzuschlagen.

Elke überbrückte das Schweigen. Sie kam mit dem Kleinen auf dem Arm und sagte: „Huby, wickle ihn mal bitte. Er riecht. Grüß dich, Klausi.“

Fünf Minuten später standen die beiden Freunde nebeneinander vor der Wickelkommode und schwiegen. Hubertus, weil er mit dem Windelwechseln beschäftigt war und es so konzentriert anging, dass seine Zunge etwas aus dem Mund herausragte. Riesle, weil er innerlich kopfschüttelnd auf das Szenario schaute, zu dem es nur wenig zu sagen gab. Maximilian hatte ganze Arbeit geleistet. Übel riechende Arbeit. Riesle war deshalb einen Meter zur Seite getreten. Er überlegte, ob er eine bissige Bemerkung über emanzipierte Männer machen sollte – doch dann hätte er sich wohl endgültig ohne Hubertus auf die Geldsuche machen können. Und da es offenbar auch um Schwarzwald-Kompetenz ging, war der sicher gut zu gebrauchen.

Eigentlich hatte Riesle in der vergangenen Nacht geplant, sich als Einzelkämpfer auf des Rätsels Spur zu begeben. Andererseits: Kerstin war weg, der Redaktionsleiter wegen des Artikels ebenso sauer wie der Bürgermeister, der ihn am

Morgen telefonisch geweckt hatte. Da schadete es nichts, wenigstens die Beziehung zu seinem alten Kumpel zu normalisieren.

Als Hubertus den Po gepudert, die neue Windel fixiert und deren Vorgängerin mit spitzen Fingern am Rande des Wickeltischs platzierte hatte, drückte er mit einem letzten „Duzi-Duzi“ der eben aus dem Bad kommenden Martina den Kleinen in die Hand. Dann nahm er die volle, zusammengeknüllte Windel und hielt sie Klaus vor das Gesicht. „Hier, schmeiß die mal bitte in den Abfall!“

Klaus rümpfte die Nase und schüttelte stumm den Kopf.

„Dann eben nicht“, zischte Hummel, trug die Windel in Richtung Küche und wusch sich die Hände in der Spüle. „Weshalb bist du eigentlich hier?“, fragte er Klaus in einem Tonfall, der versuchte, eine routinierte Freundlichkeit zu vermitteln.

„Weil ich dachte, dass du dich außer deiner Eigenschaft als Lehrer und als Urinkellner für deinen Enkel vielleicht auch zur Abwechslung wieder etwas detektivisch betätigen möchtest“, gab Klaus zurück. War das eine Provokation oder nur das übliche Necken zweier alter Freunde? Hubertus entschied sich nach kurzem Zögern für die zweite Möglichkeit.

„Also erzähl“, sagte er und stellte dem immer noch schwitzenden Riesle ein Glas Mineralwasser hin.

„Das Meiste steht doch schon in meinem Gegeifere“, wurde der ein vorläufig letztes Mal ironisch. „Ich komme gestern nichtsahnend zu einem 75. Geburtstag in Stockburg und höre, wie dieser Kurt Weisser seiner verhassten Verwandtschaft durch ein besonderes Rätsel das Erbe vorenthalten will. Abends bin ich wegen des Fotos noch mal hin. Und da liegt der Alte mit dem Gesicht in der Torte. Wenn du mich fragst – das war kein Unfall.“

„Du hast es in deinem Artikel schon mehr als angedeutet“, nickte Hubertus. „War es ein Mord? Wird Weisser obduziert werden?“

„Gute Fragen. Ich habe neulich mal eine Reportage über einen befreundeten Gerichtsmediziner in Freiburg gemacht...“

Hubertus erinnerte sich mit Schaudern an die Fotos der Leichen. Er wollte das Thema nicht vertiefen.

„... und den rufe ich heute mal an. Wenn Weisser obduziert wurde, dann im gerichtsmedizinischen Institut in Freiburg. Alle zu obduzierenden Leichen aus der Region kommen da hin“, fuhr Riesle fort.

Er schob Hubertus das Wasserglas hin und bat so um Nachschub.

„Und um wie viel Geld geht es bei diesem Rätsel?“, fragte Hummel scheinbar beiläufig, während er nachgoss. Dabei hatte er sich die Summe genau gemerkt. Von 300.000 Euro hatte Riesle geschrieben. Wenn Hummel ehrlich war, hatte er sich bei aller Empörung über den Text sogar schon überlegt, was er mit so viel Geld anfangen würde. Nicht für sich selbst, natürlich nicht. Zumindest nicht primär. Also: Der kindgerechte Ausbau der Wohnung von Martina und Didi als zusätzliches Hochzeitsgeschenk. Die lebenslange Mitgliedschaft Maximilians in der Narrozunft, bei den Schwenninger Wild Wings sowie beim FC 08 Villingen. Und eine gelegentliche, überaus kompetente und damit eben entsprechend teurere Tagesmutter für den Kleinen – oder noch besser: eine Nachtmutter. Damit Familie Hummel wieder ruhiger schlafen könnte. Außerdem: Ein Wohnmobil und ein Urlaub darin in Kanada. Sowie: Ein kleines Wochenendhäuschen im tiefen Schwarzwald – eben irgendwo, wo man nicht Gefahr lief, beim Verlassen des Hauses auf die Pergel-Bülows zu treffen.

„Um 300.000 Euro“, sagte Riesle. „150 für dich – und 150 für mich.“

„Erklär es mir noch mal“, bat Hubertus.

„Also“ – Riesle deutete auf das schon wieder leere Glas – „Weisser ist von seiner Familie aus verschiedenen Gründen enttäuscht: Die Tochter hat den falschen Mann, der eine Sohn die falsche sexuelle Ausrichtung, und so weiter. Alle sind aus dem Schwarzwald weggezogen und haben sich einen Dreck um ihn und seine Frau gekümmert. Als die Frau im Sterben lag und seine Kinder selbst da kein besonderes Engagement und Herzenswärme gezeigt haben, hat er wohl einen Entschluss gefasst.“

„Und den hat er gestern der Familie und der Presse verkündet“, ergänzte Hubertus.

„Richtig“, nickte Riesle. „Genauer gesagt: Nur der Familie. Ich habe durch Zufall mitgehört, was er sagte.“

„Durch Zufall!“, echote Hubertus.

„Durch Zufall!“, nickte Riesle, dem mittlerweile schon egal war, ob Hubertus glaubte, er habe an der Tür gelauscht. „Auf jeden Fall hat Weisser seinen Angehörigen erklärt, dass sie schon noch ein paar Tage im schönen Schwarzwald bleiben und mehrere Rätsel lösen müssten, wenn sie an sein Geld wollten. Einfach so zu erben und auf sein Ableben zu warten – das sei nicht drin, zumal er ja noch bei guter Gesundheit sei.“

„Irgendjemand schien möglicherweise nicht so viel Geduld zu haben“, sagte Hummel.

Riesle nickte. „Aber abgesehen davon: Weisser sagte, nur derjenige, der sich der Schwarzwälder Heimat und der Familie würdig erweise, könne das Geld bekommen. Wenn das keiner bis zum 10. Juni schaffe, spende er das Geld“, erinnerte sich Riesle.

„10. Juni – das ist in fünf Tagen“, rechnete Hummel.

„Gestern Abend dachte ich: Nachdem der Alte jetzt tot ist, entfällt wohl auch das Rätsel...“, erläuterte Riesle.

„Aber jetzt?“

„Aber jetzt sagt mir mein Gefühl, dass die Rätselbausteine schon ausgelegt sind und das Geld bereits irgendwo deponiert ist. Vielleicht hat Weisser einen Verbündeten. Einen, der das Ganze in Absprache mit ihm organisiert hat. Ein Mann seines Vertrauens, der Verständnis für seine Entscheidung hat, der Familie das Geld vorzuenthalten. Und eine solche Person hat mich heute Morgen schon angerufen..."

„Wer?"

„Der Bürgermeister. Der war nämlich auch da und hat die ganze Veranstaltung gestern gewissermaßen moderiert. Übrigens hätte er auch ein gutes Motiv: Seine Gemeinde erhält im Falle des Ablebens von Weisser das Haus und kann daraus ein Uhrenmuseum machen. Manchmal geht's schneller, als man denkt..."

„Und wieso hat er dich heute angerufen?"

„Weil er stinksauer ist, dass ich das mit dem Rätsel und auch noch einiges andere in den Artikel geschrieben habe. Er ist Weisser eben sehr verbunden, weil der damals wesentlich zu seiner Wahl beigetragen hat."

„Und jetzt?"

Riesle hatte einen Vorschlag: „Du rufst den Bürgermeister unter einem Vorwand an und versuchst herauszubekommen, ob er was weiß und ob das Rätsel mit dem Tod Weissers wider Erwarten erledigt ist. Mit mir will der heute sicher nicht mehr reden."

„Und du?", fragte Hubertus.

„Ich warte auf den Start des Rätsels – und da haben wir einen vielleicht entscheidenden Vorteil." Riesle leerte das vierte Glas Wasser. „Der alte Weisser sagte, im ‚Kurier' werde sich ein Hinweis finden."

„Ich kann mir nicht vorstellen, dass der Bürgermeister oder wer auch immer ungerührt das Rätsel startet, wenn Weisser tot ist", wandte Hubertus ein, der überhaupt keine Lust hatte, mit dem Mann zu sprechen. Wie denn auch?

Und über was? Ob er Weisser umgebracht habe, um seiner Gemeinde ein Schwarzwälder Uhrenmuseum zu ermöglichen?

Hummel seufzte, schaute wieder auf die Uhr, dann auf das Thermometer – 23 Grad – und fasste einen Entschluss. Falls er irgendwie in den Besitz des Geldes kommen sollte, würde er ein kleines Planschbecken am neu erworbenen Wochenendhäuschen einrichten. Für sich und den Enkel.

8. RIESLES BUDE

Klaus Riesle betrat seine öde Eineinhalb-Zimmer-Wohnung im Villinger Stadtteil Wöschhalde. Diese hatte er angemietet, nachdem er bei seiner Ex-Freundin Kerstin hinausgeworfen worden war. Sein neues Zuhause nannte er nur abfällig „die Bude". Wohin er auch blickte – überall herrschte völliges Chaos. Berge von Wäsche stapelten sich in der einen Ecke, allerlei Unterlagen und Papiere in der anderen. Darauf ein paar dicke Staubflusen. Sogar die offenen Koffer und Teile der schmutzigen Reiseklamotten lagen noch herum.

Seit seinem Indien-Aufenthalt hatte er fast nichts mehr angerührt. Und wie ihm jetzt auffiel, hatte er auch seither nicht mehr gelüftet. Ein leicht säuerlicher Geruch verbreitete sich.

Riesle öffnete rasch die Balkontüre, trat hinaus, atmete tief durch. Dann betrachtete er die Palme in der Balkonecke, die als solche fast nicht mehr zu erkennen war. Eigentlich ragte nur noch ein ausgedörrter Stummel aus dem Terrakotta-Topf. Von den Blumen in dem Balkonkasten war auch nicht mehr viel zu sehen: Nur noch ein paar braungewölbte Blätter. Sein Gewissen meldete sich – auch wenn Riesle es eigentlich albern fand, gegenüber Pflanzen ein schlechtes Gewissen zu haben. Vielleicht hätte er aber doch vor dem Urlaub Hummel mal bitten sollen, bei ihm ab und an nach dem Rechten zu sehen.

Der Journalist richtete den Blick in die Ferne. Das war wirklich der einzige Vorzug seiner Single-Wohnung: der Ausblick. Wie die untergehende Sonne die Schwarzwaldberge, das Villinger Münster und die Dächer der Stadt in ein rötliches Licht tauchte, das hatte schon etwas von einer Ansichtskarten-Idylle.

Für einen Moment dachte er an Kerstin, an ihren letzten gemeinsamen Urlaub mit Campingbus in Südfrankreich, an die langen Winterabende in ihrer Schwenninger Wohnung. Und daran, dass alles in ihrer Beziehung viel zu selbstverständlich geworden war. Riesle hatte ein zu sicheres Gefühl gehabt. Das Gefühl, es würde immer so weitergehen. Er würde beides haben: Kerstin und seine Freiheiten. Doch dann hatte sie Schluss gemacht. Und er hatte noch etwas unterschätzt: Über die meisten Verflossenen war er leicht hinweggekommen, nicht aber über Kerstin. Lag es an ihr oder daran, dass er älter wurde? Daran, dass ein großer Teil seiner Bekannten mittlerweile verheiratet war? Kinder hatte? Und sogar Enkel?

Er ging zurück in die Wohnung, setzte sich an den völlig überfüllten Schreibtisch, schob ein paar Bücher und Unterlagen beiseite, stützte die Ellenbogen auf die freie Stelle und legte das Gesicht in die Hände. Plötzlich schoss ihm die Telefonnummer seiner Ex-Freundin durch den Kopf.

Riesle griff nach dem mobilen Telefonhörer, wählte dann aber eine ganz andere Nummer.

„Ja, Hallo?“, kam es aus der Muschel.

„Thomas? Bist du das?“, fragte Riesle zurück.

„Ja, wer ist da?“

„Riesle, Klaus Riesle!“

„Klausi, altes Haus. Was verschafft mir die Ehre? Hab ja schon länger nichts mehr von dir gehört.“

Thomas war ein alter Schulfreund, hatte aber im Gegensatz zu Riesle studiert und arbeitete jetzt als Gerichtsmediziner in Freiburg.

„Ach, ich wollte nur einfach mal wieder von mir hören lassen“, sagte Riesle.

Dafür erntete er schallendes Gelächter.

„Komm schon, Klaus. Ich kenne dich. Du bist ein netter Kerl. Aber du rufst eigentlich nie an, um einfach nur von dir hören zu lassen. Raus mit der Sprache, was willst du?“

Thomas lachte noch mal laut und ließ Riesle erst gar nicht zu Wort kommen. „Ach was, sag nichts, ich weiß schon, warum du anrufst. Dich interessiert die Leiche aus dem Groppertal. Gib's zu!“

„Du kennst mich einfach zu gut“, gab Riesle tonlos zurück. Dann schauderte es ihn, denn aus dem Telefon kam ein lautes Geräusch, ein helles Krächzen. Es hörte sich an wie ein Sägen. Riesle wollte lieber nicht wissen, was in dem Sektionssaal gerade vor sich ging.

In seinem Zimmer waren die Leichen wenigstens nur Pflanzen.

„Habt ihr den Mann obduziert?“, fragte Riesle dann.

„Du weißt doch, dass ich darüber keine Auskunft erteilen darf.“

„Komm schon, wenigstens ein Fingerzeig“, bettelte Riesle.

„Ja, haben wir!“

„Und?“

„Nichts und! Morgen erfährst du das Ergebnis von der Pressestelle eurer Polizei.“

„Komm schon, rück raus mit der Sprache“, ließ Riesle nicht locker.

„Und dann steht's morgen in der Zeitung, wie? Ich kenne dich. Bist und bleibst doch ein kleiner Schmierfink.“ Er lachte.

Riesle überhörte die Beleidigung und schaute auf die Uhr. „Ist doch eh schon fast 20 Uhr. Da haben wir eigentlich schon längst Redaktionsschluss. Mein Kumpel Hummel und ich ermitteln wieder in dem Fall. Und da die Kinder des Toten jeden Moment abreisen könnten, müsste ich schon heute Abend wissen, ob Herr Weisser eines natürlichen Todes gestorben ist. Falls nicht, dann ist Eile geboten…"

„Komische Hobbys habt ihr, du und dein Hummel. Das muss ich schon sagen", lästerte der Schulfreund. Er zögerte noch einen Moment, doch dann: „Na gut, aber von mir hast du nichts erfahren. Der Mann ist erstickt. Das heißt: Vermutlich wurde er erstickt!"

„Erstickt? Wahnsinn! Und mit was?", fragte Riesle atemlos.

„Mit oder vielmehr in einer Schwarzwälder Kirschtorte."

„Komm, du hältst mich zum Narren! Mit der Torte?"

„Ich weiß, dass es verrückt klingt, aber offensichtlich hat ihm jemand das Gesicht in die Torte gedrückt. Im Nasen- und Rachenraum waren noch Kuchenreste. Sogar in der Luftröhre und in den Bronchien haben wir aspirierten Biskuit und Sahne gefunden. An einem Herzinfarkt oder einem Schlaganfall lag es aber nicht, dass er mit dem Gesicht in der Torte gelandet ist. Weisser hatte für sein Alter noch ganz zarte Herzkranzgefäße. Auf der Haut im hinteren Halsbereich waren Druckstellen und Hämatome, die eindeutig von einer Hand stammen. Von der Hand, die den Kopf in die Torte gedrückt hat. Die überblähten Lungen und punktförmige Einblutungen am Lungenfell haben uns letzte Gewissheit gegeben: Er ist erstickt!"

„Erstickt in seiner eigenen Geburtstagstorte. Unglaublich!" Riesle fasste sich aber schnell wieder: „Ich danke dir, mein Lieber. Bei unserer nächsten Tour halte ich dich aus."

„Einverstanden. Und wenn irgendwas davon morgen in der Zeitung steht, bist du der Nächste, den ich sezieren werde." Thomas lachte abermals.

Riesle nickte geistesabwesend und drückte den roten Knopf auf dem Telefon. Dann drückte er wieder den grünen. Das Freizeichen ertönte. Er war im Zwiespalt. Sollte er zuerst seinen Freund Hummel anrufen, um ihm die Neuigkeit mitzuteilen, oder doch zunächst den Chefredakteur in der Zentrale seiner Zeitung? Er entschied sich für Letzteren.

Von diesem erhielt er zunächst einen Rüffel wegen seines „RTL2–mäßigen Mords-Berichtes", wie sich der Chef ausdrückte. „Wir sind ein seriöses Blatt, falls es noch nicht zu Ihnen durchgedrungen sein sollte."

Seriös, überlegte Riesle, dem die Bilder der letzten Weihnachtsfeier in den Sinn kamen, bei der der Chef lautstark Hits seiner einstigen Lieblingsbands „Bay City Rollers" und „Sweet" zum Besten gegeben hatte. Es war besser, nicht genauer darüber nachzudenken.

„Herr Doktor Paul", kürzte Riesle deshalb ab. „Ich habe zum Abschied meiner Wochen in der St. Georgener Redaktion eine Hammergeschichte für Sie. Der Tote in der Torte" – der Chef schnaubte durch den Hörer – „ist keines natürlichen Todes gestorben. Er wurde erstickt, erstickt in der Schwarzwälder Kirschtorte. Das weiß ich aus sicherer Quelle, nämlich vom zuständigen Pathologen."

„Riesle… Wenn diese Geschichte nicht stimmt, dann sind Sie fällig. Dann muss ich Sie in den hinterletzten Ort unseres Verbreitungsgebiets versetzen." Pause. „Wie wär's mit St. Blasien?"

„Herr Doktor Paul", gab sich Riesle weiter duckmäuserisch. „Die Geschichte ist wirklich sattelfest", sagte er und hoffte, dass sein Freund Thomas sie nie zu Gesicht bekommen würde.

Paulchen, wie ihn die Redakteure mitunter nannten, überlegte noch ein paar Sekunden und stellte Riesle dann zum „Chef vom Dienst" durch. Der Artikel würde erscheinen.

9. EIN REIM FÜR DIE WEISSERS

In den letzten Nächten hatte Riesle stets schlecht geschlafen. Zwar hatte er bedingt durch seine unfreiwilligen Radfahrten abends die nötige Bettschwere. Ruhige Träume waren ihm dennoch nicht beschieden. Bei einem der ersten Sonnenstrahlen wälzte er sich unruhig auf seiner Matratze, die er bei seinem Einzug recht achtlos in die Ecke geworfen hatte. Um sieben schaute er das erste Mal auf die Uhr – tiefste Nacht für einen Journalisten. Um acht stand er schließlich auf – wütend auf sich und sein Schlafdefizit, auf die muffelige Wohnung, auf sein ganzes Leben. Ja, das Geld des alten Weisser, das könnte er wirklich dringend gebrauchen – und sei es nur, um einfach auszusteigen aus diesem ganzen Schlamassel hier. Natürlich nicht nach Indien: Ein eigenes, kleines Häuschen im tiefen Schwarzwald, das wäre doch was...

Er schlich zum Briefkastenschlitz und zog den „Kurier" heraus, den er auch zu Hause bezog.

Riesle setzte sich an den Tisch in seinem Schlafzimmer, kratzte sich mit dem rechten Zeh am Spann des linken Fußes und schaute sich im Zimmer um, das von der Morgensonne recht hell erleuchtet wurde. Viel schöner wurde es dadurch nicht. Er sollte dringend aufräumen, die Pflanzen gießen oder gleich entsorgen. Anderthalb Sekunden erwog er das ernsthaft, fasste dann aber einen anderen Entschluss. Genauso gut könnte er die Zeitung doch auch im Büro lesen – gewissermaßen in der Dienstzeit. Es würde sicher einen recht guten Eindruck machen, wenn er an seinem ersten Tag zurück im Villinger „Kurier" als Erster an seinem Schreibtisch säße.

Nach einer Katzenwäsche, zehn Radfahrminuten, einem Kaffee und einem Croissant beim Stehimbiss (1,99 Euro) sowie einem freundlichen Lächeln für die Damen der Anzeigenabteilung kam er um neun in die Redaktion: Erster!

Nun las er sorgfältig seine Zeitung durch. Er überlegte. Weisser war tot. Galt das auch für das Rätsel – und für das Geld? Das Geld, mit dem Riesle eine Wende in seinem Leben einzuleiten gedachte? Weisser wurde ermordet, dachte Riesle. Hieß das, dass der Mörder sich das Geld unter den Nagel gerissen hatte? Oder, dass aufgrund Weissers plötzlichen Ablebens das Erbe ganz normal unter den Geschwistern aufgeteilt wurde? Andererseits hatte der alte Mann gesagt, er habe die Kinder bereits enterbt...

Er stieß im überregionalen Teil auf den Artikel, zu dem er gestern Abend telefonisch die Informationen durchgegeben hatte. Da hätte ich aber mehr draus gemacht, überlegte er sich. Alles zu sachlich, zu wenig bunt. „75-Jähriger wurde ermordet“, lautete die Überschrift des Textes auf der Baden-Württemberg-Seite. „Der an seinem 75. Geburtstag tot aufgefundene ehemalige St. Georgener (Schwarzwald-Baar-Kreis) Gemeinderat Kurt Weisser ist ermordet worden. Dies ergab die gestern abgeschlossene Obduktion. Über Motiv und Täter ist bislang nichts bekannt.“ Und weitere drei dünne Sätze. Nichts von der Torte, nichts von dem Rätsel. Na ja, so wollte es der Chefredakteur wohl.

Schnarcher!, dachte Riesle verächtlich und blätterte weiter. Der Ministerpräsident besuchte die Südwest Messe, die Aussteller waren bislang sehr zufrieden, die Lokalheroen von „Dr. Quincy and his lemon shakers“ hatten bei ihrem Auftritt im Großen Festzelt für Rock'n'Roll-Begeisterungsstürme gesorgt – alles wie jedes Jahr, wenn die große Verbraucherschau für neun Tage das Geschehen in der Stadt dominierte.

Etwas Außergewöhnliches wollte Riesle weder auf den weiteren redaktionellen Seiten noch im Anzeigenteil auffallen, so dass er die Zeitung bald zuklappte und überlegte, wann wohl der Erste seiner Kollegen eintreffen würde. Er sah sich in der Redaktion um, in der sich in den letzten sechs Wochen so gut wie nichts verändert hatte.

Dann streifte sein Blick die Glückwunschanzeigen, die sich auf der letzten Seite der „Kurier“-Ausgabe vor ihm befanden. „Leute, sperrt die Hühner ein – der Kevin hat den Führerschein“, hieß es in der einen, in der das Bild eines jungen Mannes abgedruckt war; ganz offenbar Kevin.

„Kaum zu glauben, aber wahr – Tante Trudi aus Hochemmingen wird heut 65 Jahr'“, lautete der Text daneben in verbessernswertem Versmaß. Die abgebildete Tante Trudi war ohne Zweifel bäuerlicher Herkunft, strahlte etwas Urgemütliches und Zufriedenes aus. Die würde sicher kein Problem mit ihrem Alter haben.

Klaus schüttelte den Kopf über die Hobbydichtungen. Zwar sorgten, worauf er immer wieder vom Anzeigenleiter der Zeitung hingewiesen wurde, solche Annoncen auch für sein Gehalt. Er hoffte abgesehen davon, nie selbst auf diese Weise gegrüßt zu werden.

„Moin, Klausi. Sehnsucht nach uns gehabt, wie?“ fragte Petra Lorenz, eine Redakteurin, deren Dauer-Gute-Laune Klaus schon in den ersten Minuten nach der mehrwöchigen Pause aufregte.

„Ja, ja“, begnügte er sich zu sagen und wollte gerade das unvermeidliche Gespräch mit der Kollegin beginnen, als er auf der letzten Zeitungsseite doch noch auf einen Bekannten traf. Diesen Menschen hatte er vorgestern gesehen – nur da war er wesentlich älter gewesen. Nachdem er den Text der Glückwunschanzeige zweimal gelesen hatte, war er elektrisiert.

Riesle blickte nochmals auf das Schwarz-Weiß-Foto, das einen Mann um die 30 in einer Schwarzwald-Tracht zeigte. Neben ihm stand eine typische Schwarzwälderin, ebenfalls in Tracht und mit Bollenhut. Die beiden posierten vor einem Haus, von dem nur ein Ausschnitt zu erkennen war, das aber zweifelsohne ebenfalls im Schwarzwald stand, und lächelten für die Kamera. Rechnete man ein, dass das Bild mehrere Jahrzehnte alt war – und so sah es aus –, gab's nur eine Erklärung: Der Mann war der ermordete Ex-Gemeinderat Kurt Weisser.

„Das Rätsel", flüsterte Riesle. „Es ist gestartet worden..."

Der Journalist kümmerte sich gar nicht um zwei weitere, gerade eintreffende Redakteure, die ebenfalls mit launigen Bemerkungen die Rückkehr Riesles kommentierten.

Das Rätsel! Er würde sofort nachforschen müssen, wann und von wem die Anzeige aufgegeben wurde. Und: Das Geld! Dass der erste Hinweis auf das Rätsel in der Zeitung war, besagte doch wohl, dass das Geld des alten Weisser noch irgendwo versteckt war.

Aus dem Text wurde Riesle jedoch nicht ganz schlau:

„Die Huet-Farbe ändere sich –
Die Liebe nit –
En schöne Dag –
wo waret mir da? –
fahret hin nit nur –
findet auch die Spur."

Für einen kurzen Moment zögerte er, doch dann begriff er immerhin so viel: Wer das Geld wollte, musste sich beeilen. Die Kinder des alten Weisser sind sicher schon unterwegs, überlegte Riesle. Vielleicht würde ihm Hubertus helfen können...

Er riss die Anzeige aus der Seite und sprintete los.

„Ich muss weg", sagte er und wiederholte den Satz, als er auf der Treppe fast den Lokalredaktionsleiter umgerannt hätte, der eben die Stufen zu seinem Büro erklomm.

„Ja, wie?", entgegnete der und erntete ein „Ich melde mich übers Handy."

Seine Geschäftsstellen-Kollegin Steffi war gerade in ein Kundengespräch verwickelt: eine mitteilungsbedürftige ältere Dame. Das konnte dauern.

Die Fragen, wer wann, wie und wo die Anzeige aufgegeben hatte, waren wichtig. Entscheidend war es aber, das Rätsel zu lösen. Nicht nur entscheidend. Eilig war es. Sehr eilig. Auf mit dem Fahrrad quer durch die Fußgängerzone. Riesle kam etwa 100 Meter weit, doch beim Marktplatz, der im Volksmund Latschariplatz genannt wurde, genau in der Mitte der alten Zähringerstadt Villingen, lief ihm plötzlich eine Politesse in den Weg.

Riesle bremste noch, erwischte sie aber am linken Bein. Beide purzelten zu Boden.

Dem Journalisten blieb gar nicht die Zeit, groß nachzudenken. Er rappelte sich auf, griff sich das Rad und fuhr los.

„Halt!", rief die Politesse ihm hinterher. „Stehen bleiben!"

Morgen ist das eh vergessen, dachte der Journalist. Und: Solche Räder gibt's viele. Eine Fahndung mit Phantombild werden sie wegen dieser Lappalie gewiss nicht machen.

„Halt!", rief die Politesse nun schon recht zornig. Und dann: „Herr Riesle – ich kenne Sie aus der Zeitung!"

Riesle erschrak doch beträchtlich, verfluchte die Tatsache, dass der „Kurier" seit einiger Zeit bei Kommentaren immer das Bild des jeweiligen Redakteurs abdruckte, und dachte dann: Kommt jetzt auch nicht mehr drauf an...

Er beschleunigte und fuhr mit Höchstgeschwindigkeit durch die Niedere Straße, bog am Amtsgericht rechts ab und radelte nun auf den Schulhof des Gymnasiums am Romäusring, in dem Hubertus unterrichtete.

„Halt!“, rief der Schulhausmeister, der im blauen Kittel und mit einem überdimensionalen Besen gerade sein Reich fegte. „Das ist Schulgelände. Absteigen!“

Riesle erwog leise fluchend, den Mann einfach auch über den Haufen zu fahren, besann sich dann aber. Er hatte es schließlich eilig. So wich er aus, warf sein Rad bald darauf gegen die grau gestrichene Mauer und stürzte ins Gebäude. Er hatte keine Ahnung, was Hubertus gerade unterrichtete. Und vor allem, wo…

In solchen Fällen gab es nur eines: Das Sekretariat.

Riesle nahm flugs zwei Treppenabsätze. Wenn er die ein oder zwei Besuche am Arbeitsplatz seines Freundes richtig in Erinnerung hatte, musste er nun diesen Gang entlang. Keine Menschenseele zu sehen, alle hockten wohl brav in ihren Klassenzimmern. Links befand sich eine Art Schwarzes Brett, rechter Hand war irgendwo das Rektorat. „Sekretariat“ lautete ein Türschild.

„Sie wünschen?“, fragte eine Dame mittleren Alters in routiniert-freundlichem Ton.

„Klaus Riesle. Guten Tag. Wo unterrichtet Herr Hummel gerade?“, fragte Riesle hektisch und schwitzend. Komischerweise fiel ihm jetzt ein, was er heute Morgen noch hatte machen wollen: Duschen...

„Herr Hummel?“, fragte die Dame. „Jetzt?“

„Ja, jetzt. Es ist sehr dringend“, insistierte Riesle. „Quasi eine Familiensache.“

Die Dame rief eine Datei im Computer auf, murmelte: „Bei der 7 b vielleicht“, und kramte dann in Akten. „Wenn sie noch zehn Minuten warten könnten“, sagte sie derweil. „Dann wäre große Pause und Herr Hummel vielleicht im Lehrerzimmer erreichbar.“

„Ich kann nicht warten“, sagte Riesle bedeutungsschwanger. „Mir ist auch egal, welche Klasse er unterrichtet. Ich muss wissen, wo?“

Die Sekretärin schien etwas pikiert, sagte: „Warum geht der Computer jetzt wieder nicht?“ und kam dann zum Schluss: „Ah, es müsste die 9b sein. Gemeinschaftskunde. Raum 228 im Neubau. Es sind jetzt aber nur noch acht Minuten bis zum Stunden-Ende. Da könnten Sie doch wirklich...“

Riesle zuckte mit den Schultern, murmelte einen Dank und wandte sich ab.

„Moment!“, rief da die Sekretärin, die wieder auf den Monitor schaute. „Wenn mich nicht alles täuscht, hat er mit dem Kollegen Leitner getauscht. Nein, das war gestern.“ Sie hackte auf der Tastatur herum. „Aber wie ist das heute? Schauen Sie doch mal draußen am Schwarzen Brett. Oder warten Sie halt doch die sechs Minuten...“

Riesle, noch immer schweißnass und zunehmend ungehaltener, sah ein rechteckiges Gerät auf ihrem Schreibtisch, das ihn entfernt an jenes erinnerte, mit dem er immer den Polizeifunk abzuhören pflegte. Es hatte einen roten Druckknopf.

„Was ist das?“, fragte er dann.

„Das? Damit machen wir unsere Durchsagen. Aber warum?...“

Im gleichen Moment hatte Riesle schon den Knopf gedrückt.

Hubertus, der tatsächlich in Raum 228 seinen Neuntklässlern gerade den Landtag nahe zu bringen versuchte, hörte zunächst nur ein Räuspern.

„Hummel!“, ertönte dann eine Stimme via Lautsprecher. Ein nochmaliges Räuspern. „Studien... Oberstudienrat Hummel, sofort zum Sekretariat kommen... Äh, bitte.“ Ein Knacken beendete die Verbindung und ließ in Hubertus' Kopf fürchterliche Bilder entstehen. Maximilian, sein Enkel, hilflos, verletzt. Daneben Martina, weinend, überfordert, in der Schule anrufend, nach ihm verlangend.

Er geriet in Panik und wandte sich kurz an seine Schüler: „Ihr habt's gehört: Schluss – ich muss weg..."

Er packte hektisch seine Tasche, stürmte zur Tür und ließ Pubertierende zurück, die sich in den grellsten Farben ausmalten, was passiert sein könnte. Beim ein oder anderen waren es schmutzige Gedanken.

Als er um die Ecke zum Rektorat bog, stieß er mit Riesle zusammen, der nach seiner eigenmächtigen Durchsage des Raumes verwiesen worden war.

„Du?", fragte Hummel und erinnerte sich, dass ihm die Stimme irgendwie bekannt vorgekommen war. An Riesle hatte er aber nun wirklich nicht gedacht. Warum auch?

„Es ist ein Notfall...", setzte der Journalist an.

„Maxi?" Hummel sah ihn mit schreckgeweiteten Pupillen an. „Martina?" Er schüttelte ihn. „Oder Elke? Nun sag doch schon!"

Riesle legte beschwichtigend die Hand auf seine Schulter. „Nun beruhige dich doch. Allen geht's gut. Es geht um unser Geld. Hast du den ‚Kurier' gelesen? Ach, nein", korrigierte er sich. „Du konntest mit der Anzeige natürlich nichts anfangen. Hast Weisser ja noch nie gesehen..."

„Mit meiner Familie ist alles o.k.?", unterbrach Hubertus und zog ihn vom Rektorat weg. Als sein Freund das nochmals bejahte, atmete er tief durch und wollte eben zu einer Schimpftirade ansetzen, die beispielsweise zum Inhalt gehabt hätte, dass er ihn nun an seinem Arbeitsplatz abgrundtief blamiert habe. Mindestens.

„Huby: Es eilt!", drängte Riesle, während es zur großen Pause klingelte und nun aus allen Klassenzimmern Schüler strömten. Die aus den niedrigeren Klassen emsiger, als hätten sie es kaum erwarten können. Die aus den Grund- und Leistungskursen der Stufen 12 und 13 hingegen mit den gemessenen Schritten derjenigen, die erfahrener waren und ihre Schulzeit bald hinter sich hatten.

Hummel und Riesle ließen sich von dem Strom die Treppen herunter auf den Schulhof treiben, während der Journalist seinen Freund einweihte.

„Das Rätsel hat begonnen! Ab jetzt geht's um jede Minute", meinte Riesle. „Die Kinder Weissers haben möglicherweise einen Vorsprung: Wir müssen uns also beeilen."

Er zog die Anzeige aus der Tasche und zeigte sie Hubertus. „Der auf dem Bild ist Weisser. Das Bild ist einige Jahre alt. Aber was bedeutet der Text?"

Hummel las sich alles sorgfältig durch. „Hut-Farben", murmelte er dann. „Liebe, fahr hin, Spur. Hm..."

Nach einer Ermahnung an die Unter-16-Jährigen, die an der Raucherecke gerade etwas gegen ihre Gesundheit taten, zog er Riesle vom Schulhof weg in Richtung Stadtmauer.

„Ist doch klar!", meinte er dann. „Es geht um den Tag, an dem das Foto aufgenommen wurde. Ich glaube..."

„Na toll!", sagte Riesle. „Da bin ich auch schon draufgekommen. Aber was war das für ein Tag? Das können ja wohl nur die Kinder Weissers wissen. So ein Mist!"

„Tja", kommentierte Hubertus. „Übrigens habe ich heute Morgen gelesen, dass es sich tatsächlich um einen Mord gehandelt hat. Das ist ja schrecklich! Ich glaube eigentlich nicht, dass ich aus einem Mord Profit schlagen möchte. Sollen wir diesmal nicht einfach Kommissar Müller das Feld überlassen?" Dann räusperte er sich: „Übrigens. Das Gespräch gestern mit dem Bürgermeister hat nichts ergeben." In Wirklichkeit hatte Hubertus zweimal Anlauf genommen, diesen anzurufen. Allerdings hatte ihn der Mut verlassen und er jeweils aufgelegt, als sich im Rathaus jemand gemeldet hatte.

Riesle beachtete ihn gar nicht. „‚Hut-Farben ändern sich, Liebe nicht.' Was soll denn das?"

Hubertus fasste nach: „Klaus! Ich habe moralische Bedenken. Ich möchte nicht von einem Mord profitieren, auch wenn das Rätsel bereits vor dem Mord..."

Jetzt endlich achtete Klaus auf seinen Freund: „Müller das Feld überlassen? Dieser trüben Tasse? Nie!" Er sah Hubertus mit eindringlichem Blick an: „Vielleicht können wir zwei Fliegen mit einer Klappe schlagen: Ein gutes Werk tun und genügend Geld scheffeln. Also komm, lass dir gefälligst was einfallen!"

Zwar setzte Hummel immer noch seine Bedenkenträger-Miene auf, war nun aber bereit, sich eingehender mit der Anzeige zu befassen.

Riesle hatte ohnehin den Eindruck, als wisse Hubertus bereits mehr als er.

Da hatte er Recht: „Ist doch sonnenklar", sagte Hummel nicht frei von Überheblichkeit. „Hut-Farben, die sich ändern. Die Frau, also wohl Frau Weisser, hat doch einen Bollenhut auf!"

Riesle konnte nicht folgen. „Und?"

„Und wann ändern sich die Farben auf dem Bollenhut von rot zu schwarz?"

„Tja, warte mal", versuchte sich Riesle zu erinnern, was Hubertus noch mehr Oberwasser gab. Er lehnte sich lässig an die Stadtmauer: „Da merkt man, dass du kein echter Schwarzwälder bist", sagte er von oben herab. „Bei der Hochzeit. Man sieht auf dem Bild zwar nicht deutlich, ob Frau Weisser rote oder schwarze Bollen auf dem Hut hat. Aber ich wette, es sind schwarze. Das ist ein Bild vom Tag der Hochzeit der Weissers. Das passt doch auch zum Rätsel!"

Riesle hatte die Kränkung überhört und ergänzte: „Prima! Dann müssen wir nur noch rauskriegen, wo das Bild gemacht wurde. Wo sie also an ihrer Hochzeit waren! Und dann: ‚Fahr hin nicht nur – findet auch die Spur'."

Doch Hubertus hatte noch einen Trumpf im Ärmel: „Oder wir bekommen anhand dieses Haus-Ausschnittes heraus, wo das Bild gemacht wurde."

Riesle betrachtete es eingehender: „Na, ja – viel sieht man ja nicht. Es wirkt wie fast jedes Schwarzwald-Haus."

„Für einen Laien vielleicht", kostete Hummel sein Wissen weiter aus. „Für mich aber nicht. Die Trachten mit Bollenhut gibt's nur in Gutach, Wolfach-Kirnbach und Hornberg-Reichenbach..."

„Zähl doch gleich noch die Straßen auf...", unterbrach Klaus, den Hubertus' Strebertum wieder einmal nervte.

Der ließ sich nicht beirren: „Und ich wette, in dieser Gegend ist auch das Foto entstanden. Wenn mich nicht alles täuscht, sieht man nämlich im Hintergrund das Freilichtmuseum Vogtsbauernhof!"

Riesle staunte: „Was? Woher willst du das denn wissen?"

„Weil ich mit wachen Augen durch den Schwarzwald laufe, mein Lieber. Vor einem halben Jahr war ich das letzte Mal dort. Da gehen nämlich nicht nur Japaner und Amis hin, sondern auch Einheimische. Und manche heiraten offenbar sogar dort in der Nähe." Er plusterte sich etwas auf: „Das Strohdach – das ist absolut eigentümlich."

Riesle blieb skeptisch: „Und das hat sich in den letzten Jahrzehnten nicht verändert? Das Bild ist doch mindestens 30, 35 Jahre alt."

„Das ist ein Museum, Klaus", sagte Hummel. „Das muss so bleiben. Das gibt's schon seit über 40 Jahren, glaube ich. Und den Hof sogar schon seit Jahrhunderten... Dieses Strohdach ist einfach unverwechselbar."

Riesle schien tatsächlich überzeugt: „Na gut, dann nichts wie hin!"

Hummels selbstzufriedener Gesichtsausdruck veränderte sich: „Wie, nichts wie hin? Ich habe jetzt zwar zwei Freistunden, aber dann in der sechsten wieder Unterricht."

„300.000 Euro, Huby", gab Riesle zurück. „150.000 für jeden – und einen Mord klären wir damit eventuell auch noch auf."

„Schon, schon", machte Hummel. „Aber ich bin Beamter und kann mir nicht erlauben..."

„Ja, ja – bis dahin sind wir schon wieder zurück", versuchte Riesle die Bedenken zu zerstreuen. Sehr überzeugend war das allerdings nicht, wie Hubertus ihm angesichts der zurückzulegenden Strecke von insgesamt rund 130 Kilometern plus Recherche verdeutlichte.

Aber gutes Zureden sowie der Appell an Hubertus' Gerechtigkeitssinn („Nur ein echter Schwarzwaldkenner verdient das Geld!"), ließen ihn schließlich umfallen.

Doch das nächste Problem wartete schon: „Wir haben aber beide derzeit keinen Führerschein, Klaus", fiel Hummel ein – und hier war auch Riesles Überzeugungskraft vorläufig am Ende.

Vorläufig!

„Auf keinen Fall fahre ich euch nach Gutach!", rief Martina, als die beiden keuchend in der Vom-Stein-Straße von ihrem Plan berichteten. „Verdammt – in drei Tagen heiraten wir und fast die komplette Vorbereitung bleibt an mir hängen!"

„Martina: Es geht um die Aufklärung eines Mordes und um viel Geld."

„Ich fahre euch nicht. Außerdem muss Maxi alle drei Stunden gestillt werden", wandte Martina ein.

„Dann nehmen wir ihn eben mit", entschied Riesle kurzerhand.

Wie es ihm gelang, nach Hubertus auch noch Martina zu überzeugen, wusste er hinterher selbst nicht mehr genau. Wahrscheinlich, weil er mehrfach betonte, dass ein echtes Schwarzwald-Kind nicht früh genug seine Heimat kennen lernen konnte. Wahrscheinlich auch, weil er die 300.000 Euro so oft erwähnte, dass Hubertus sich wieder einmal im Geiste vor seiner Schwarzwald-Hütte sitzen sah, den Enkel zu Füßen. Und wahrscheinlich, weil Martina sich sagte, ehe sie alleine auf ihren Sohn aufpasste, teilte sie dies lieber mit zwei anderen. Hochzeitsvorbereitungen zu treffen war mit dem Kleinen auf dem Arm nur sehr bedingt möglich. Gerade an diesem Morgen war Maximilian wieder sehr anstrengend gewesen. Und das Autofahren liebte er. Und Hubertus liebte es, bei seinem Enkel zu sein.

10. VOGTSBAUERNHOF

Johannes Weisser hatte gleich zwei Vorteile gegenüber dem Quartett in Hummels Astra Caravan. Als er die Anzeige im „Kurier“ gesehen hatte, hatte er das Foto seiner Eltern sofort erkannt und sich an Erzählungen von ihrem Hochzeitsausflug erinnert, der sie nach Gutach geführt hatte. Dabei hatten sich die Eltern die örtlichen Trachten für den Schnappschuss geliehen.

Das zweite Plus Weissers war sein Auto: Mit dem BMW Z 4 Roadster war er mehr als doppelt so gut motorisiert wie seine Kontrahenten, von denen er nichts wusste.

Dennoch fluchte er. Zwei Nächte länger als gedacht war er nun schon in diesem Kaff geblieben und hatte sich im Schwenninger Hotel Ochsen in der Bürkstraße einquartiert.

Er würde um sein Geld kämpfen. Bereits am Morgen hatte er sich telefonisch mit einem Anwalt beraten, der ihm gesagt hatte, er habe trotz der offenbar vor dem Tod erfolgten faktischen Entnahme oder Verschenkung des Geldes durch seinen Vater einen „Pflichtteilsergänzungsanspruch“.

Die ganze Sache gestaltete sich ohnehin schwierig. Das Navigationssystem seines Wagens hatte ihn nämlich zunächst in das falsche Gutach geleitet – in den Breisgau. Das hatte mindestens eine Stunde gekostet.

Johannes Weisser seufzte, drehte die durchdringende CD-Stimme von Maria Callas leiser und betätigte die Gegensprechanlage, um seinem Lebensgefährten daheim in Köln begreiflich zu machen, dass er immer noch in dieser „schrecklichen Einöde“ bleiben müsse. Er würde Dietrich mehr als Schwarzwälder Touristen-Gerümpel mitbringen müssen, um ihn wieder zu besänftigen. Wobei Dietrich eine Kuckucksuhr sicher als „schrill“ empfunden hätte. Er liebte Kitsch, wusste echte Qualität aber auch zu schätzen. Schon ein paar Mal hatte Johannes Weisser ihn mit auf Dienstreisen und abends in exquisite Hotels mitgenommen. Vielleicht würde eine goldene Halskette Dietrichs Ansprüche befriedigen. Nun, ja: Mit den 300.000 Euro war das durchaus drin.

Als er auf den überdimensionierten und Busse aus aller Welt förmlich anziehenden Parkplatz des Vogtsbauernhofes direkt an der B 31 zwischen Hausach und Gutach einbog, war er nicht fröhlicher. Dietrich hatte ihm gerade eine regelrechte Szene gemacht, und nun sah er auch noch jemanden, den er überhaupt nicht treffen wollte: Schwester und Schwager in ihrem roten Porsche Cayenne.

Er tat so, als würde er sie nicht bemerken, und verlustierte sich in den zahlreichen Geschenk- und Andenkenshops, die sich hier aneinander reihten. Gleichzeitig ließ er seine Verwandten jedoch nicht aus den Augen, als er durch die Bahnunterführung auf das neue Empfangsgebäude zulief.

O Nein! Vor sich an der Kasse sah er auch noch diesen Journalisten, der sich am Geburts- und Todestag seines Vaters so seltsam verhalten hatte.

Er hörte zunehmend genervt zu, wie sich Riesle mit einer Angestellten stritt – indirekt aber auch im Sinne der Sache von Johannes Weisser.

„Zwei Erwachsene und zwei minderjährige Kinder, darunter ein kostenbefreiter Säugling – warum sollten wir da keine Familienkarte bekommen?“

„Weil sie zwei Männer sind: Eine Familie ist Vater, Mutter und Kinder.“

Maxi weinte, obwohl sie unterwegs zweimal gehalten

hatten und ihm Martina die Brust gegeben hatte, weil er so unruhig gewesen war. Hummel hatte darauf bestanden, dass Riesle währenddessen in die jeweils andere Richtung blickte.

Der Journalist argumentierte weiter: „Na, ja, aber wir könnten doch schwul sein und die beiden adoptiert haben…"

Hummel wurde plötzlich heiß und er drehte sich unauffällig nach der Schlange um, in der weitere Besucher schon unruhig wurden. „Schluss mit dem Quatsch, Klaus!", sagte er dann. „Natürlich sind wir nicht schwul. Ich zahle für dich."

Wie unangenehm! Klaus wurde seit der Trennung von Kerstin immer knauseriger.

Hummel schaute auf die Preistafel. „Zwei Erwachsene, ein Kind. Zweimal fünf macht zehn, drei fünfzig für Martina, macht 13 Euro 50."

Die Dame an der Kasse war nicht so leicht aus der Ruhe zu bringen: „Sind Sie minderjährig?", wandte sie sich an Martina, die den Tragesitz Maximilians vorsichtig hin und her schwenkte, um den Kleinen zu beruhigen.

„Ja, also fast, ähm, 19, um genau zu sein."

„Das macht dann 15 Euro, bitte."

Hummel zahlte widerspruchslos und zog Klaus weg.

„Eine Familienkarte hätte elf Euro gekostet. Vier Euro für nichts", maulte der. „Und wenn ich meinen Presseausweis nicht vergessen hätte, wäre ich eh umsonst reingekommen."

Hummel tippte sich an die Stirn: „Und dafür soll ich so tun, als sei ich schwul? Nicht dass dagegen was zu sagen wäre. Also: Ich habe nichts gegen Schwule", gab Hummel eine politisch korrekte Erklärung ab. „Immerhin sind wir beide mit einem schwulen Theaterregisseur befreundet. Aber ich selbst bin's deshalb noch lange nicht."

Dann drängte er zur Eile: „Lass uns jetzt endlich den Hinweis suchen. Oh Mann: Ich schaffe es nie und nimmer rechtzeitig zurück.“ Er erschrak noch mehr, als er auf die römischen Ziffern seiner Armbanduhr schaute. Großer und kleiner Zeiger waren bereits auf der XII. Gerade sollte die sechste Stunde beginnen.

„Wartet einen Moment. Ich muss mal telefonieren“, sagte Hubertus. Da sich gerade eine Gruppe Italiener lautstark hinter der Museumskasse versammelte, nahm er den Eingang zum nächstbesten Gebäude. Hier schien er ungestört. Er zog sein Handy heraus, versicherte sich, dass seine Rufnummer nicht im Display des Angerufenen erscheinen konnte. Dann wählte er die Nummer, die unter der Rubrik „Romäusgym“ abgespeichert war. Er hasste bei seinen Schülern vor allem zwei Dinge: Unentschuldigtes Fehlen oder entschuldigtes Fehlen unter Vortäuschung falscher Tatsachen. Dementsprechend scheußlich fühlte er sich, als er folgende Worte in die Sprechmuschel seines Handys flüsterte: „Hallo, Frau Storz, ich bin schon zu Hause.“

Hubertus räusperte sich, fuhr dann mit gedämpfter Stimme fort. „Nein, es ist nichts Schlimmes, Frau Storz. Nur...äh...meiner Tochter geht es nicht gut. Hat ganz plötzlich Migräne bekommen! Ich muss mich...ähem...um meinen Enkel kümmern.“ Er überlegte kurz weiter, sagte dann: „Meine Frau ist blöderweise gerade außer Haus. Und irgendjemand muss ja nach Maximilian schauen.“

Hatte er jetzt wirklich alles bedacht?

„Wie bitte? Ja, genau, deshalb hat mich der Mann vorhin auch ausrufen lassen... Seltsames Verhalten?... Ja, ein Verwandter... Der war eben ziemlich in Sorge...“

Hubertus räusperte sich ein weiteres Mal. Auf eine Lüge mehr oder weniger kam es jetzt auch nicht mehr an. Doch Frau Storz schien ihm Glauben zu schenken und gab ihm sogar noch ein paar Tipps zur Behandlung von Martinas Kopfschmerzen.

Als Hubertus wieder zum Kassenhäuschen zurückkehrte, hielt Martina in der einen Hand Maximilian. Mit der anderen betupfte sie Klaus' kariertes Hemd. Der machte ein sauertöpfisches Gesicht: „Na endlich, wo bleibst du denn? Martina musste mal eben auf Toilette und hat mir deinen Enkel in den Arm gedrückt. Und schwups, hat er seinen Mageninhalt natürlich auf meiner Schulter entleert."

Hubertus kümmerte sich gar nicht um Klaus: „Oje, armer Maxi", strich er dem Enkel voller Fürsorge über das verschwitzte Gesicht. „Geht's dir jetzt besser? Nein, du kommst nicht mehr auf den Arm dieses Kinderfeindes."

„Statt Duzi-duzi zu machen, sollten wir uns lieber mal um das Foto kümmern", schimpfte Klaus. Er war außerdem sauer, weil er gerade während eines Telefonates gleich zweimal angegangen worden war. Zunächst hatte sein Redaktionsleiter sich pikiert gezeigt, dass Riesle statt Bürodienst zu machen wieder „in der Landschaft herumturnte", wie sich der Chef ausdrückte. Steffi aus der Anzeigen-Abteilung hatte ihn anschließend wissen lassen, dass er sie grundsätzlich wohl nur noch beachte, wenn er eine Auskunft von ihr brauche. Immerhin hatte sie gewusst, dass die Anzeige mit dem Reim vor fünf Tagen aufgegeben worden war – also noch zu Lebzeiten Weissers. Von wem, war jedoch nicht vermerkt worden, da der Inserent in bar gezahlt hatte. Er würde Steffi demnächst mal zu einem Kaffee einladen, nahm sich Riesle vor. Vielleicht würde sie ihm ja sogar etwas über Kerstin hinweghelfen. Aber jetzt gab es Wichtigeres: Er zog die herausgerissene Zeitungsseite mit der Anzeige aus der Tasche seiner beigefarbenen Dreiviertel-Hose.

Klaus blickte abwechselnd auf das Foto in seiner Hand und das große Schwarzwaldhaus mit dem strohgedeckten Dach.

„Siehst du die Fensterreihen und die zwei unterbrochenen Holzbalustraden darüber?“, beugte sich Hubertus über Klaus' Schulter. „Weiter oben der durchgängige Balkon mit den Wagenrädern. Die kannst du auch hinter den Weissers auf dem Foto erkennen. Einfach unverwechselbar. Hier müssen wir also suchen.“

„Fragt sich nur, nach was?“, mischte sich Martina ein, die den gerade wieder brüllenden Maximilian auf ihrem Arm auf- und abwippte.

Ein paar stachelbeerbeinige, ältere Touristen in kurzen Hosen versuchten ihn zu beruhigen – natürlich ohne Erfolg.

Klaus las noch einmal den zweiten Teil des Gedichts: „ ‚en schöne Dag – wo waret mir da?‘ Diese Frage haben wir also beantwortet: Gutach! ‚Fahret hin nit nur – findet auch die Spur‘“, rezitierte er weiter. „Nach was für Spuren müssen wir also suchen?“

Sie näherten sich dem Haupthaus des Vogtsbauernhofes. „Meinst du, Weisser könnte das Geld hier versteckt haben?“, fragte Klaus.

„Glaube ich eigentlich nicht. ‚Fahret hin nit nur – findet auch die Spur‘ heißt wohl, dass wir vermutlich in diesem Haus auf eine Spur stoßen, die wiederum zum Geld führt“, erklärte Hubertus. „Aber wie könnte diese Spur aussehen?“

„Vielleicht konnte Weisser auch gar keine Spur mehr legen“, mutmaßte Klaus. „Die Anzeige kann er ja noch vor seinem Tod aufgegeben haben. Aber vielleicht hat der Mörder verhindert, dass Weisser das Geld noch verstecken konnte.“

„Möglich wär's“, pflichtete Hubertus bei. „Wir sollten uns ohnehin primär auf die Suche nach dem Mörder konzentrieren. Natürlich ohne Maxi und Martina irgendeiner Gefahr auszusetzen...“

„Am Besten, wir heften uns ab morgen mal diesen Weisser-Kindern an die Fersen", sagte Klaus. Dann richtete er den Blick wieder auf die dunkle Holzfassade.

„Alfons + Regina aus Lüdenscheid. Wir waren auch hier, 4.7.1978", las Hubertus eine neben den Eingang gekritzelte Botschaft und echauffierte sich: „Nicht zu fassen. Man sollte überhaupt keine Touristen mehr hier reinlassen! Nicht genug, dass schon der saure Regen und die Luftverschmutzung an diesen alten Häusern nagen. Da müssen die Ferkel hier auch noch das Holz zerschnitzen. Und hier: ‚Charly ist ein dummer Sack'. Also das ist doch einfach..."

„Papa?", unterbrach Martina, die sich den Kleinen mit dem Tragetuch um den Bauch gebunden hatte und vor der Holzfassade kniete. „Vielleicht hat das hier aber mit dem Rätsel zu tun! Hier sind noch ein paar interessante Botschaften. Jemand hat sich zum Beispiel schon 1964 verewigt. Kurt und Elisabeth."

„Kurt! Kurt? Moment! Unser Weisser hieß doch auch Kurt. Und wie hieß gleich die Frau?"

„Elisabeth, da bin ich mir ganz sicher. Ihren Namen hatte Weisser erwähnt", ergänzte Klaus. „Aber wieso sollten ausgerechnet diese stockkonservativen Schwarzwälder hier etwas eingeritzt haben?", fragte der Journalist dann verständnislos.

„Du warst halt noch nie richtig jung und verliebt!", tadelte ihn Martina.

Riesle blieb die Antwort schuldig. Hubertus und er knieten sich zu ihr hin und betrachteten aufmerksam die Botschaft in großen, schon etwas verblassten Buchstaben. Daneben war etwas eingeritzt, das wie eine Uhr aussah.

Hubertus las den Text vor:

„Kurt und Elisabeth 6.4.1964. Zur Hochzeit diese Kuckucksuhr.
Halten soll sie immerfort, so wie unser Liebesschwur."

Als Johannes Weisser bereits das dritte Gebäude betrat, sank seine Laune weiter. Zum einen war er zwischen zwei Dutzend Italiener geraten, die bei jeder Neuentdeckung Worte wie „Bellissimo“ und „Che bello“ in einer beachtlichen Lautstärke ausriefen und sich ihm immer wieder in den Weg stellten. Andererseits: Es waren ein paar ansehnliche Jungs darunter. Ob die sich von seinem schnittigen Sportwagen beeindrucken ließen?

Vorerst erschwerte ihm deren Anwesenheit jedoch, seine Schwester und den Schwager im Auge zu behalten – und das möglichst unauffällig.

Außerdem missfiel ihm dieses künstlich nachgebaute Schwarzwalddorf. Worauf sich Touristen aus aller Welt begierig stürzten, empfand Johannes Weisser schlicht als Nepp und weiteres Schwarzwälder Sinnbild des Gestrigen, Kargen, Unaufgeklärten. Er wusste, warum er von hier weg und in die Großstadt gezogen war.

Für ihn sah das alles gleich aus: Dunkles Holz außen, dunkles Holz innen. Viel zu kleine Fenster, viel zu wenig Licht. Die Enge rief bei Johannes Weisser unangenehme Erinnerungen hervor: An den Hof seiner Eltern und an seine Kindheit. Bis heute hatte er nicht vergessen, dass der strenge Vater ihn und seine Geschwister oft in eine fensterlose Kammer gesperrt hatte, wenn sie etwas ausgefressen hatten.

Ein paar Häuser weiter hatte er seine Schwester aus den Augen verloren. Dafür entdeckte er wieder diesen Journalisten, der mit einem ziemlich korpulenten Mann und einer jungen Frau mit Kind vor dem Haupthaus herumlungerte. Immer wieder knieten sie vor der Holzfassade, zeigten darauf herum. Wahrscheinlich war der Journalist auch hinter dem Geld her. Schließlich war er bei dem Geburtstag seines Vaters gewesen, hatte von dem Schwarzwaldrätsel mitbekommen. Und die Anzeige zu entdecken, war für ihn wohl auch nicht schwierig gewesen. Schließlich arbeitete er bei der Zeitung, in der das Foto erschienen war. Johannes Weisser beobachtete, wie der Journalist einen Zettel aus der Hose zog, ihn gegen die Hausfassade hielt und darauf etwas herumkritzelte. Was machten die dort nur?

Eine paar Minuten später zogen sie endlich davon. Johannes Weisser blickte sich vorsichtig um. Er schlich an der Hausfassade entlang zu dem Punkt, wo der Journalist seine Notizen gemacht hatte. Dann las er die Botschaft.

„...Zur Hochzeit diese Kuckucksuhr...“

Die Kuckucksuhren der Eltern. Natürlich: In einer musste der Vater das Geld versteckt haben. Vermutlich in seiner Lieblingsuhr im Schlafzimmer. Warum hatte er dort nicht gleich nach dem Geld gesucht? Jetzt musste er rasch zurück, bevor der Journalist die Uhren entdeckte und sie auseinander nahm. Er blickte sich nochmals um, ob die Schwester und der Schwager nicht irgendwo lauerten. Dann suchte er sich vor dem Haus einen kleinen Stein und zerkratzte die Botschaft. Damit hatte er Maria und ihren Hamburger schon mal ausgeschaltet.

Aber wo war eigentlich Christian, sein Bruder? Schon wieder weg? Noch gar nicht da? Tja, ohne Auto...

Zum weiteren Nachdenken kam Johannes Weisser vorläufig nicht mehr.

Beim Kratzen hatte ihn ein Aufseher beobachtet, der ihn nun am Arm packte und zur Museumsleitung schleppte. Unter Androhung einer Anzeige wurde ihm eine saftige Geldstrafe von 100 Euro auferlegt. Ein weiterer Grund, dringend das Geld zu finden.

11. BAHNHOF SCHWENNINGEN

Christian Weisser, der jüngere Bruder von Johannes, stürmte auf das Foyer des Schwenninger Bahnhofsgebäudes zu. „Geschlossen wegen Umbaumaßnahmen", las er ein Schild und schaute hektisch auf die große, in Glas eingefasste Uhr. Nur noch zwei Minuten bis zur Abfahrt. Aber wo, wenn hier Endstation war? Ah, hier war noch ein Schild: „Zu den Zügen".

Keine Zeit mehr für einen Imbiss im „Café Bar Ostbahnhof". Er hatte sogar nicht mal mehr Zeit, eine Fahrkarte zu lösen. Das würde er wohl im Zug nachholen müssen.

Er musste die 11-Uhr-Regionalbahn nach Rottweil erreichen, von dort weiter über Stuttgart nach Berlin fahren. Einfach weg von hier.

Ein kurzer Blick auf den gelben Fahrplan, der sich im Vergleich zu dem im neuen Berliner Hauptbahnhof lächerlich klein ausnahm. Eigentlich gab es hier nur anderthalb wirklich benutzte Gleise. Und die Züge: Die gingen mit dem Ringzug mal in Richtung Villingen, mal in Richtung Trossingen und Rottweil. Ein Witz für einen Großstädter!

Der Zug nach Rottweil fuhr auf Gleis 1 ab – wie eigentlich alle Züge. Schon sah Christian Weisser den roten Triebwagen anrollen und hörte den Mann im Lautsprecher, der in starkem Dialekt die Reisegäste auf die Einfahrt des Zuges hinwies.

Normalerweise hätte er keine Probleme gehabt, die Bahn noch zu erreichen. Auch sein kleiner Rollkoffer hätte ihn wohl kaum aufgehalten. Allerdings bereitete ihm das große, braune Paket, das er aus dem Schwarzwald mit nach Berlin nehmen wollte, einige Schwierigkeiten –

zumal der Abfahrtspunkt aufgrund der Bauarbeiten erst ganz am Ende des Bahnsteiges lag.

Gerne hätte er das Paket noch am Gepäckschalter aufgegeben. Aber dafür war nun wirklich keine Zeit mehr... Und ob es hier überhaupt eine Gepäck-Annahmestelle gab?

Als er – in der einen Hand den Koffer und in der anderen das große Paket hinter sich herziehend – die letzten Meter zum Zug nahm, hörte er schon den schrillen Pfiff des Schaffners.

Der Zug rollte bereits leicht an. Ein kräftiger Schwung – und er war im Inneren. Geschafft! Doch dann schrie jemand laut: „Halt!"

Die Hand, die ihn an der Schulter packte, musste einer stattlichen Person gehören. Denn der Griff schmerzte am Oberarm. Er geriet in Rücklage, drohte auf den Bahnsteig zu stürzen. Und dann noch mal ein lauter Ruf: „Halt, Polizei! Halten Sie den Zug an!"

Christian Weisser fiel weich, denn er fiel in die Arme von gleich mehreren Polizisten.

Neben den Uniformierten stand ein Mann in Zivil, der ihm seinen Dienstausweis vors Gesicht hielt.

„Sind Sie Herr Weisser? Christian Weisser?", fragte der Mann.

Weisser nickte.

„Hauptkommissar Stefan Müller. Sie sind vorläufig festgenommen!"

12. UHRENSPUR

Argwöhnisch beobachtete Müller abwechselnd die grimmigen Züge des Mannes auf dem Gemälde und die Bewegungen seiner Mitarbeiter, welche die Weisser-Wohnstube gerade auf den Kopf stellten. Hatten sie wirklich alle Handschuhe an? Waren sie auch sorgfältig genug? Womöglich übersahen sie ein wichtiges Detail. Am liebsten hätte er alles selbst gemacht. Man konnte sich auf keinen mehr verlassen – außer vielleicht auf Kommissar Winterhalter, den Mann für die Spurensicherung. Aber immerhin war er endlich seinen Kollegen Brüderle los, denn der war vor ein paar Monaten versetzt worden, freute sich Müller. Bei dem hatte er immer befürchten müssen, dass er eine Verschwörung gegen ihn anzettelte.

„Präzision ist alles, Winterhalter. Wir dürfen bei diesem mysteriösen Fall nichts, aber auch gar nichts übersehen. Zumal der Arzt zunächst von einer natürlichen Todesursache ausgegangen ist. Zum Glück ist wenigstens dem Villinger Bestatter aufgefallen, dass mit dieser Leiche etwas nicht stimmte, und dass sie diese Hämatome am Hals hatte."

Der Kriminaltechniker nickte und sprach weiter stoisch und ausnahmsweise in Hochdeutsch den Tatbefundbericht in sein Diktiergerät: „Reste der Schwarzwälder Kirschtorte noch auf Kuchenplatte auf dem Tisch in Wohnstube. Stopp. Wir haben Proben des Biskuits und der Sahne entnommen. Stopp. Geht ans Labor des gerichtsmedizinischen Instituts Freiburg. Stopp."

Die Holzdielen knarzten, als sich Hauptkommissar Müller dem Gemälde des Urgroßvaters näherte. Er zog das Foto des Toten aus der Tasche. Sah wirklich fürchterlich aus, mit dem tortenverschmierten Gesicht. Aber dennoch verblüffend, diese Ähnlichkeit. Dann steckte er das Foto wieder ein und musterte Winterhalter, der jetzt eine alte Kommode durchstöberte.

„Zum Glück haben wir schnell gehandelt, die Leiche beschlagnahmt und, nachdem das Obduktionsergebnis feststand, sicherheitshalber den jüngeren Sohn festgenommen", sagte Müller. Ihm wurde schlecht bei dem Gedanken, dass er selbst die Leiche zur Obduktion hatte begleiten und das Prozedere überwachen müssen. Es war zwar nicht das erste Mal für ihn gewesen, aber an das Aufschneiden von Körpern würde er sich nie gewöhnen. Als der Gerichtsmediziner damit begonnen hatte, die Schädeldecke aufzusägen, war Müller in einen Nebenraum geflüchtet, von dem aus er das Ganze durch eine Glasscheibe beobachten konnte. Aber allein das hatte ihm schon gereicht. Er ärgerte sich: Eigentlich wäre das die Aufgabe des Staatsanwaltes gewesen. Aber der hatte sie an Müller delegiert.

Winterhalter blickte von der Kommode auf: „Jo Chef, au wenn die Feschtnahm vu dem Sohn uf'em Schwenninger Bahnhof natürlich für g'höriges Aufsehe g'sorgt hät. War aber scho verdächtig, dass der junge Weisser so plötzlich hät abreise wolle. Und dann mit sellem Paket. Und noch vor de Beerdigung vu sinem Vater."

Müller nickte: „Höchst verdächtig! Und deshalb dürfen wir jetzt nichts übersehen. Bis jetzt besteht nur ein Anfangsverdacht. Wir brauchen Beweise, um diesen Christian Weisser zu überführen." Der Hauptkommissar betrachtete ein Foto, auf dem eine junge Frau und zwei Männer abgebildet waren. Kein Zweifel: Der eine war Christian Weisser. Dann waren die anderen beiden seine Geschwister. Alle wie aus dem Gesicht des Urgroßvaters geschnitten, dachte sich Müller.

„Nichts übersehen, Kollegen. Genau hinschauen“, ermahnte Müller nochmals, setzte sich an den Kachelofen und schlug den Bericht auf, den der St. Georgener Polizist nach dem Fund der Leiche geschrieben hatte.

„Der St. Georgener Bürgermeister und der Lokaljournalist Klaus Riesle hatten angegeben…“, las er leise vor sich hin. Dann las er die ersten Zeilen noch mal. Herrje, das hatte er beim ersten Mal glatt überlesen. Von wegen Präzision. Wieder mal hatte dieser schmierige Reporter Riesle seine Finger im Spiel. Das würde die Spurensuche noch zusätzlich erschweren. Bestimmt hatte der hier alles durcheinander gebracht. Er würde ihn sich baldmöglichst vorknöpfen.

Den Bürgermeister hatten sie bereits vernommen. Er hatte zwar ausgesagt, es habe zwischen Weisser und den Kindern „eine Meinungsverschiedenheit“ gegeben. Dass diese aber etwas mit dem Tod des Vaters zu tun haben könnte, hatte er kategorisch bezweifelt. Dass er selbst etwas mit dem Tod zu tun haben könnte, natürlich noch kategorischer. Immerhin hatte er von sich aus erwähnt, dass seine Gemeinde nun in den Besitz eines schönen Schwarzwaldhofes als Uhrenmuseum komme.

Als sich Müller und seine Leute das Obergeschoss vornahmen, schien der Hauptkommissar schon etwas resigniert. In der Wohnstube, wo Weisser gefunden worden war, hatten sie kaum brauchbare Spuren entdeckt. Ein paar Sahnespritzer an der holzgetäfelten Wand waren der auffälligste Fund gewesen. Ein Hinweis darauf, dass zwischen dem Opfer und dem Mörder ein Kampf stattgefunden hatte. Das hatte das Obduktionsergebnis auch bestätigt.

Der Gerichtsmediziner war sich sicher gewesen: Jemand hatte Weisser von hinten am Hals gepackt und seinen Kopf in die Torte gesteckt, bis er erstickt ist.

„Durchsucht jeden Fleck, ich will, dass ihr alles auf den Kopf stellt. Wenn ihr nichts findet, dann dürft ihr demnächst den Verkehr an der Südwest Messe regeln.“ Müllers Laune wurde zunehmend schlechter. Wenn er mit leeren Händen ins Kommissariat zurückkehren sollte, würde er den jungen Weisser-Sohn wieder laufen lassen müssen. Und wie sein Chef, der Polizeipräsident, darauf reagieren würde, wollte er sich lieber nicht vorstellen. Vermutlich wieder eine Pressekonferenz einberufen, auf der Müller die spärlichen Ermittlungsergebnisse würde schönreden müssen. Er seufzte kurz. Müller war urlaubsreif. Ach was, eigentlich war er reif für die Frühpension, für die Scheidung von seiner zunehmend unzufriedeneren Frau ohnehin. Reif für die Insel.

„Nehmt euch auch den Garten vor“, befahl Müller zwei Beamten. „Vielleicht finden sich dort ein paar Fußspuren.“ Als sie bereits zwei Abstellkammern durchwühlt und auch die trostlose Toilette besichtigt hatten, vernahmen sie raschelnde Geräusche.

„Seid mal einen Moment still“, befahl Müller. Plötzlich war nichts mehr zu hören.

Dann noch mal das gleiche Spiel, wieder die Geräusche und Müllers Aufforderung, sich ruhig zu verhalten.

„Des sin Mäus oder Siebe'schläfer, Chef. Des Haus isch jo scho uralt. Do wimmelt's in jedem Hohlraum vo irgendwelche Viecher“, versuchte Winterhalter zu beruhigen.

Müller legte dennoch die Stirn in Falten, ging hinaus auf den Gang und steuerte die Tür an, die sie noch nicht durchschritten hatten. Von dort schienen die Geräusche gekommen zu sein. Als er die alte Holztür öffnete, sah er nicht nur das rustikale Holz-Doppelbett – noch immer waren beide Seiten bezogen – und ein riesiges, kitschig anmutendes Engelsgemälde über den Kopfkissen, sondern auch das offene Fenster und einen schwarzen Handschuh auf dem Fensterbrett. Dann verschwand der Handschuh. Denn der Mann, dessen Hand darin steckte, ließ sich gerade nach unten fallen.

Müller war für einen Moment perplex. Doch reagierte er schnell, lief zum Fenster und prägte sich die Kleidung und die Gestalt des Mannes, der gerade über das hohe Gras in Richtung Fichtenwald lief, gut ein. Für einen kurzen Moment konnte er auch sein Gesicht sehen. Er rief alle Kollegen zusammen und erteilte präzise Anweisungen. „Sie, Sie und Sie nach draußen, Verfolgung aufnehmen. Ein Mann, etwa 40, lockiges dunkles Haar, dunkelgrauer Anzug, trägt weiße Slipper und schwarze Handschuhe, hat eine braune Sporttasche bei sich. Vermutlich hat er darin Gegenstände, die er aus dem Haus hat mitgehen lassen. Oder er hat versucht, Spuren zu verwischen. Und Sie“ – mit der Hand wies er auf einen leicht übergewichtigen Kollegen, von dessen Einsatz bei der Verfolgungsjagd er sich keinen Erfolg versprach – „Sie benachrichtigen die Kollegen im Präsidium. Die sollen sofort eine Fahndung herausgeben.“

Alle befolgten Müllers Anweisungen. Nur Winterhalter blieb zurück, untersuchte noch das Schlafzimmer.

„Schauet Sie mol, Chef.“ Winterhalters Finger zeigte auf die Wand, die sich auf der gegenüberliegenden Seite der verzückt schauenden Engel befand.

„Wurde schon lange nicht mehr renoviert“, schenkte Müller seinem Kollegen kaum Beachtung. Er ging zum offenen Fenster, sog die klare Schwarzwaldluft tief ein und beobachtete, wie die Kollegen in Richtung Wald spurteten. Für Müllers Geschmack hätten sie ein bisschen schneller laufen können. Er nahm sich vor, seinen Mitarbeitern bei nächster Gelegenheit nahe zu legen, der Betriebssportgruppe beizutreten.

„Schauet Sie doch mol genau hin“, forderte Winterhalter

auf. Müller drehte sich um und ging zur Wand. „Do!", zeigte Winterhalter auf eine Stelle in Augenhöhe. „Do isch es heller!"

„Ja und?", fragte Müller leicht genervt.

„Sie hän g'sait, dass scho lang nit renoviert worde isch. Des stimmt wohl. Un deshalb sieht mer au, dass do en Gege'stand lang g'hängt isch. Denn sonsch wär's an der Stell nit so hell."

Müller wurde hellhörig: „Etwas, was der Flüchtige vielleicht entfernt haben könnte?"

„Möglich wär's." Winterhalter war nun schon so nah an der Wand, dass seine runde Nase fast am Putz rieb.

„Und was könnte das für ein Gegenstand gewesen sein?", fragte Müller. „Ein wertvolles Bild vielleicht?"

„Also die Umrisse sin nit sehr scharf. Aber für mich hät des Ganze die Form von 'nem Häusle."

„Ein Häuschen?" Müller war ratlos. „Ein Häuschen an einer Schlafzimmerwand? Das macht doch keinen Sinn."

„Mir Schwarzwälder hänge eigentlich nur zweierlei Häusle auf", wusste Winterhalter Rat. „Entweder des sin Wetterhäusle oder Kuckucksuhre. Die hän au ä ähnliche Form."

Aber welchen Sinn würde es machen, dass jemand hier eindringt, während sogar die Polizei das Haus durchsucht, um ein Wetterhäuschen oder eine Kuckucksuhr mitgehen zu lassen? Die müsste doch schon einen ungemeinen Wert haben, überlegte Müller und warf noch mal einen Blick durch das Fenster. Die Polizisten hatten endlich den Waldrand erreicht. Der Mann war allerdings schon längst zwischen den hohen Bäumen verschwunden. Hoffentlich war bald die Verstärkung da. Müller wusste: Je länger die Fahndung lief, umso geringer waren die Erfolgsaussichten. Immerhin war er sich sicher, den Mann erkannt zu haben. Auf sein fotografisches Gedächtnis war er stolz. Gesichter konnte er sich gut merken. Und jenes, das er gerade – wenn auch nur für ein paar Sekunden – gesehen hatte, war zweifelsohne ein Weisser-Gesicht. Und zwar das des anderen Sohnes, das er zuvor auf dem Foto betrachtet hatte.

In diesem Moment traten die beiden Beamten ein, die den Garten durchsucht und von der ganzen Verfolgungsjagd offensichtlich nichts mitbekommen hatten. Dafür hielten sie dem Hauptkommissar einen offenen, stinkenden Plastikbeutel unter die Nase.

„Was soll das denn?“, fragte Müller barsch und hielt sich die Hand vor die Nase.

„Haben wir im Steingarten vor einem Baum gefunden, Chef. Fäkalien, Reste menschlicher Fäkalien. Vom Opfer werden sie ja wohl kaum stammen, vielleicht vom Täter? Da müsste sich doch die DNA feststellen lassen.“

Müller war fassungslos. „Tun Sie’s weg!“

13. MÜLLERS BESUCH

Gedankenverloren blickte Klaus Riesle aus dem Fenster seiner Redaktion. Im morgendlichen Sonnenlicht sahen die glitzernden Villinger Münstertürme besonders schön aus. Die freie Sicht auf die Zwillingstürme war aber fast schon der einzige Vorteil seines Arbeitsplatzes. Denn das enge Großraumbüro empfand Riesle einfach nur als störend.

Außerdem ärgerten ihn gewisse Angewohnheiten seiner Redaktionskollegen, mit denen er das Büro teilte. Wolfgang war ein lieber Kerl, hatte aber eine Art eingebauten Lautsprecher. Seine Stimme beherrschte den Raum. Und gerade hatte er eine streitbare CDU-Stadträtin in der Leitung, was seine Grund-Lautstärke noch multiplizierte…

Riesle blätterte die Zeitungsausgabe vom Vortag durch – ohne die Artikel wirklich zu lesen. Er dachte an Weissers Geld und daran, wer den Alten umgebracht haben könnte. Bei letzterer Frage waren sie noch nicht sehr weit gekommen. Tatverdächtig waren prinzipiell alle drei Kinder, die mit dem Ermordeten im Clinch lagen. Bei der Geldfrage war Riesle schon optimistischer. Er war sich sicher, dass Weisser das Geld in einer alten Kuckucksuhr versteckt hatte. Doch die Suche nach dieser gestaltete sich schwierig. Denn als sie in Weissers Mühle gestern nach der Uhr hatten suchen wollen, war bereits ein großes Polizeiaufgebot inklusive Müllers Dienstwagen vor dem Hof gewesen. Sie hatten kehrt machen müssen. Hoffentlich hatte der Kommissar nicht alle Uhren mitgenommen.

Apropos: Ausgerechnet Müller betrat gerade das Großraumbüro, bewegte sich direkt auf Riesles Schreibtisch zu.

„Die Kriminalpolizei höchstpersönlich, was verschafft

mir die Ehre?“, begrüßte ihn Riesle betont überschwänglich.

„Sparen Sie sich die Begrüßungsfloskeln, Herr Riesle. Sagen Sie mir lieber, warum Sie mich nicht angerufen haben, als Sie den toten Weisser gefunden haben“, schnauzte ihn Müller an und setzte sich unaufgefordert auf einen Plastik-Hartschalen-Stuhl, der vor Riesles Schreibtisch stand.

Die Kollegen beobachteten neugierig den Besucher. Sogar Wolfgang hatte für einen Moment innegehalten.

„Lassen Sie uns das in aller Ruhe im Konferenzzimmer besprechen. Bitte, hier entlang.“

Riesle öffnete die gläserne Tür zu dem sterilen Nebenraum. Bevor er die Tür schloss, warf er seinen Kollegen einen demonstrativ verschwörerischen Blick zu.

„Kaffee?“, säuselte Riesle.

„Nein Danke. Lassen Sie uns lieber gleich zur Sache kommen. Hören Sie: Für die Polizei und den Arzt, der den Totenschein ausgestellt hat, sah zunächst alles so aus, als wäre der Mann eines natürlichen Todes gestorben. Sie waren aber bei der Geburtstagsfeier dabei und haben mitbekommen, was da abgelaufen ist. Erzählen Sie mir also nichts.“ Müller zog einen Zeitungsfetzen aus seiner Aktentasche und knallte ihn auf den Tisch. „Glauben Sie, die Polizei liest keine Zeitung? Sie selbst betonen, dass die Todesumstände mysteriös waren. Sie schreiben so, als wäre ein Mord passiert.“

„Reine Vermutungen“, konterte Riesle. „Die Presse darf ja schließlich auch spekulieren.“

„Vermutungen, die Sie der St. Georgener Polizei schon hätten mitteilen müssen“, schimpfte Müller. „Dann wären wir sofort am Zug gewesen und hätten den Weisser-Hof noch am Mordabend auf den Kopf gestellt. So sind wir nur dank eines aufmerksamen Bestatters überhaupt darauf gekommen, dass es sich um einen Mord gehandelt hat. Vermutlich sind in der Zwischenzeit wertvolle Spuren verwischt worden. Also: Welchen Eindruck hatten Sie von den Kindern Weissers?"

Riesle zögerte einen Moment, blickte Müller fest in die Augen: „War eine komische Stimmung an jenem Morgen. Man konnte meinen, die können sich alle nicht leiden – vielleicht nicht mal sich selbst."

„Trauen Sie jemandem aus der Familie zu, die Tat begangen zu haben?", fragte Müller weiter.

„Könnte schon sein, aber ich kann ja nicht eine Person verdächtigen, die ich nur ein paar Minuten lang gesehen habe. Das ist eher Ihr Job", konterte Riesle.

„Jetzt werden Sie nicht noch frech!", verlor Müller für einen Moment die Beherrschung. „Im Übrigen: Woher wusste Ihre Zeitung eigentlich, dass die Leiche obduziert wurde? Zu dem Zeitpunkt des Artikels war das offiziell noch gar nicht bekannt."

„Reine Spekulation!" Riesle grinste Müller an.

In diesem Moment kam der Redaktionsleiter herein.

„Guten Tag", begrüßte er Müller. „Entschuldigen Sie bitte die Störung." So höflich kannte Riesle seinen Chef gar nicht.

„Riesle, ich habe hier Artikel über das Bauunternehmen Berger. Der neue Inhaber heißt jetzt Schmitz. Der will doch ein paar alte Häuser in der Innenstadt kaufen, abreißen lassen und dann in Luxuswohnungen umwandeln. Ist eine Riesen-Sache, aber noch nicht in trockenen Tüchern. Lesen Sie sich mal die Artikel durch und recherchieren Sie. Morgen will ich eine Geschichte darüber im Blatt."

Riesle stöhnte. „Kann das nicht ein anderer Kollege machen?", flehte er.

„Nein, Sie sind mit dem Aufmacher dran!" Ohne ein weiteres Wort verließ der Redaktionsleiter das Büro, nachdem er Müller nochmals freundlich zugenickt hatte.

„Steht denn eines der Kinder unter Tatverdacht?", wandte sich Riesle nun an den Kommissar. Nebenbei las er die Artikel, die ihm der Redaktionsleiter gerade gegeben hatte, quer. Das war seine Spezialität. Mehrere Sachen gleichzeitig erledigen: Ein Interview führen und gleichzeitig lesen oder eine Email schreiben. Ohnehin würde ihm Müller nichts Entscheidendes mehr sagen. Da genügte es ihm, seine Antwort nur bruchstückhaft zu hören. Und wenn der das als Unhöflichkeit auslegte... Sollte er doch!

Allerdings schien es sich bei dieser Immobiliengeschichte um nichts Spektakuläres zu handeln. Die üblichen Probleme eben, mit denen... Moment mal!

In einem der Artikel stolperte er über den Namen, der ihn nun schon seit einigen Tagen verfolgte und las den Satz: „Bisher scheiterte das Projekt am Widerstand von Kurt Weisser aus Stockburg. Der St. Georgener Ex-Gemeinderat weigert sich kategorisch, sein Haus in der Gerberstraße zu verkaufen."

„Weisser!", flüsterte er leise vor sich hin.

„Wie meinen Sie?", fragte Müller und schaute interessiert auf den Artikel, den Riesle gerade in der Hand hielt.

„Ach nichts!" Der Lokaljournalist drehte das Blatt rasch um.

„Ich meine..., und was ist bei der Durchsuchung des Weisser-Hofes herausgekommen?", fragte Riesle.

„Kein Kommentar!", entgegnete Müller trocken.

Als der Kommissar nach ein paar weiteren floskelhaften Wortwechseln wieder draußen vor dem „Kurier"-Gebäude stand, freute er sich wirklich diebisch. Bei der Befragung Riesles war zwar nichts herausgekommen, doch zum Glück hatte er mal ein Seminar über Taschendiebe belegt. Und den einen oder anderen Trick hatte er sich gemerkt. Jetzt zog er ein Blatt Papier aus seiner Jackentasche: Den Artikel über die Immobiliensache, der den Journalisten für einen Moment so beschäftigt zu haben schien. Er überflog ihn.

Müller hatte gleich Verdacht geschöpft. Das hatte ihm Riesle also verheimlichen wollen.

Weisser im Streit mit einem Bauunternehmer? Wieso hatten die bisherigen Nachforschungen der Polizei dazu nichts ergeben?

Er würde dieser ganzen Immobilienszene auf den Pelz rücken, gleichzeitig aber die Kinder nicht aus den Augen lassen, nahm sich Müller vor. Man musste immer in alle Richtungen ermitteln, erinnerte er sich eines alten Lehrsatzes. Und: Man durfte sich nie zu sehr auf andere verlassen. Am besten würde er diesen Fall ohnehin alleine lösen, denn zu viele in seiner Dienststelle waren ihm nicht mehr wohl gesonnen. Ich werde das schaffen, dachte Müller grimmig.

Allmählich regte sich in ihm jedoch ein Gefühl, dass irgendetwas nicht stimmte. Zunächst unbestimmt, dann wurde es konkreter. Da fehlte etwas.

Hauptkommissar Müller schlug mit der flachen Hand gegen seine Stirn - so sehr, dass es ihn schmerzte. Wie konnte er nur! Er hatte sich so darauf konzentriert, Riesle das Stück Papier zu entwenden, dass er seine Aktentasche im Konferenzraum hatte stehen lassen. Und in der Aktentasche befand sich noch das von ihm eigens verfasste Protokoll der Durchsuchung in Weissers Mühle vom Vortag.

Er machte kehrt, drückte kräftig gegen die Schwingtür der Geschäftsstelle des „Schwarzwälder Kurier“. Ein Anzeigenkunde, der gerade gehen wollte, bekam die Tür direkt ins Gesicht.

„He, Sie!“, schrie der Mann. Wie aus einem Reflex heraus zückte Müller seinen Dienstausweis, zeigte ihn erst dem Mann, der sich die blutende Nase hielt, und dann den Damen in der Geschäftsstelle.

„Hauptkommissar Müller, ich muss noch mal in die Redaktion“, keuchte er, stürzte die Treppen hoch, rannte durch das jetzt leere Großraumbüro auf das Konferenzzimmer zu, zog die Glastür auf. Er war mitten in die Redaktionskonferenz geplatzt.

„Wir brauchen Auflage, Auflage, Auflage", referierte gerade der Redaktionsleiter. Die Redaktionsmitglieder starrten Müller an, Müller starrte zurück, ging die einzelnen Gesichter durch. Das von Riesle war nicht dabei. Dann bückte er sich, schaute unter den Konferenztisch: Keine Tasche, kein Riesle, aber verwunderte Gesichter!

„Riesle?" Müller schnaufte, als wäre er sein eigener Diensthund. „Wo ist Riesle?"

„Der ist gerade raus auf die Toilette", sagte Wolfgang. „Den Gang rechts."

Müller rannte aus dem Zimmer, ohne die Glastür zu schließen. Jetzt sah er Riesles Gesicht. Es wurde jedes Mal angeblitzt, wenn der Lokaljournalist den grünen Knopf betätigte. Er war nicht auf der Toilette, sondern stand am Kopierer. Müller sah deutlich sein Mienenspiel und deutete es als einen Ausdruck von übermäßiger, ein wenig überheblich wirkender Freude.

„Meine Tasche? Wo haben Sie meine Tasche hin?", fuhr Müller ihn an.

Riesle wandte den Kopf zu Müller, ohne seinen Gesichtsausdruck zu verändern. Dann betätigte er stoisch noch mal den grünen Knopf mit der rechten Hand. Mit der linken griff er nach unten und reichte Müller die Aktentasche.

„Ein einfaches Dankeschön würde mir schon reichen", sagte Riesle. Jetzt grinste er sogar ein bisschen.

„Riesle, Sie haben doch nicht etwa…?" Müller nahm die Tasche. „Ich meine, Sie haben doch nicht etwas herausgenommen und…?" Er stockte, starrte auf Riesle, dann auf den Kopierer. Mit einer schnellen Bewegung griff er nach dem Blatt, das gerade auf der Glasscheibe lag, wendete es. Ein Artikel über die Immobilien-Story.

„Das ist aber eine schwere Anschuldigung", sagte Riesle ernst. Dann grinste er wieder. „Das würde ich doch nie tun, Herr Hauptkommissar. Schauen Sie in Ihre Tasche. Ich bin sicher, es wird alles noch an seinem Platz sein."

Müller sah ein, dass diese Runde an Riesle ging. Für einen Moment überlegte er, ob er in der Dienststelle die Fingerabdrücke auf den Papieren überprüfen lassen sollte, verwarf den Gedanken aber.

„Danke", sagte der Kommissar kaum hörbar und verschwand...

Riesle griff in die Kopierablage, zog einen Papierstapel heraus und las den Untersuchungsbericht vom Vorabend. Ein interessanter Bericht, sehr interessant, auch wenn er sich über Müllers sperriges Beamtendeutsch und Worte wie „Verbrechen zum Nachteil des Weisser" mokierte.

14. IMMOBIL

Riesle war der Auftrag seines Redaktionsleiters inzwischen ausnahmsweise sehr recht, denn er deckte sich mit seinen Interessen. Er hatte nur ein Problem: Bauunternehmer Berger war vor ein paar Monaten während der Villinger Fasnet ermordet worden. Riesle selbst hatte bei der Aufklärung des Falles eine nicht unwichtige Rolle gespielt. Mittlerweile war das Bauunternehmen verkauft worden. Der neue Besitzer, Robert Schmitz, hatte den Firmennamen Berger beibehalten, war jedoch mit dem Büro in den Stadtteil Schwenningen umgezogen, was den alten Berger – einen eingefleischten Villinger – sich wahrscheinlich täglich im Grabe umdrehen ließ.

Auch für Riesle stellte dies ein Problem dar: Das neue Büro war sieben Kilometer von seiner Redaktion entfernt. Und der führerscheinlose Journalist sah sich auch beim besten Willen nicht noch einmal in der Lage, mit dem Fahrrad länger als 200 Meter zu fahren. Allein schon der Gedanke an die Steigungen zwischen den beiden Stadtteilen ließ seine Verdauungsprobleme wieder akut werden. Die Tochter seines Freundes Hummel wieder als Chauffeurin anzuheuern, traute er sich nicht. Er hätte Kerstin anrufen können, seine Ex. Vielleicht würde so ein banaler Vorwand dazu führen, dass man sich wieder näherkam. Aber ob die darauf eingehen würde? Außerdem sah man sie, wenn Riesles Informationen von seinem Schwenninger Kollegen Bernd Bieralf stimmten, derzeit häufiger mit einem Sozialpädagogen von der Berufsakadamie. Nein, das mit Kerstin war auch keine gute Idee.

Und so kam es, dass Klaus Riesle erstmals seit etwa 30 Jahren in einen städtischen Bus einstieg. Die Linie 1S startete um 11.04 Uhr am Villinger Bahnhof und spuckte ihn elf Minuten später in der Schwenninger Sturmbühlstraße wieder aus.

Riesle, der sich telefonisch angekündigt hatte, wurde im Vorzimmer des Bauunternehmers um etwas Geduld gebeten. Er saß in einem weichen Sessel und sah sich um: Die Firma schien nicht schlecht zu laufen, nahm man die Qualität der Möbel zum Maßstab. Fast alles Designer-Stücke, vermutete Klaus.

„Der Chef hat jetzt Zeit für Sie“, beschied ihm die Sekretärin, und Riesle erhob sich. In seinem auch ohne große körperliche Anstrengung von Schweißflecken durchtränkten Hemd und der Jeans sah er nicht unbedingt aus, als wäre er in offiziellem Auftrag hier. Schmitz, ein braungebrannter Mann um die 40, schien hingegen der Anzug quasi angewachsen. Ehe er ihn sah, fiel Riesles Blick aber noch auf das Pärchen, das vor ihm in Schmitz' Büro gewesen war, und das der Bauunternehmer gerade verabschiedete. Das Gesicht, der Gang: Es handelte sich zweifelsohne um die Weisser-Tochter und ihren Mann!

Riesle entschied sich für einen verbalen Frontal-Angriff, als er in Schmitz' Büro Platz genommen und einen Kaffee serviert bekommen hatte. „Herr Schmitz: Sie wollen zwei Häuser in der Villinger Gerberstraße kaufen, Luxus sanieren und dann für teures Geld verkaufen“, begann er. „Der Besitzer des einen Hauses würde wohl verkaufen, aber der andere, Herr Weisser, wollte nicht. Jetzt ist er tot. Was sagen Sie dazu?“

Gerade als Riesle, der auf den Überraschungseffekt setzte, sein Verhör begonnen hatte, fiel ihm ein, dass Schmitz als Bauträger zu den besten Anzeigenkunden des „Kurier“ zählte. Möglicherweise bahnte sich da neuer Ärger an. Doch jetzt war nicht die Zeit, Schwäche zu zeigen. Mit bohrendem Blick musterte er Schmitz. Im Hintergrund sah er aus den Augenwinkeln einen expressionistischen Klassiker an der Wand hängen.

„Wow", erwiderte ein überraschter Schmitz nach einer kurzen Pause. Bei der Ankündigung eines Vertreters des „Schwarzwälder Kurier" hatte er wohl an einen willfährigen Anzeigenmitarbeiter gedacht.

Jetzt kommt's, dachte sich Riesle. Abbestellung, Anzeigenstornierung, Beschwerde.

Doch Schmitz sagte nur: „Die beiden Herrschaften vor Ihnen waren auch schon wegen Herrn Weisser da."

Riesle nickte wissend. Er musste in der Offensive bleiben. „Und: Haben die auch vermutet, Sie könnten was mit Herrn Weissers Ableben zu tun haben?"

„Herr Riesle." Schmitz erhob sich und setzte eine überlegene Miene auf: „Wenn Sie seit dem tragischen Tod meines Vorgängers der Meinung sind, dass die Firma Berger mit jedem Mord hier in der Gegend zu tun hat, sind Sie schief gewickelt. Ich möchte Sie daher bitten, auf meinen sowie auf den Ruf unserer Firma besser zu achten. Glauben Sie wirklich, ich würde wegen eines Gebäudes einen Mord begehen? Wenn ich bei jedem Objekt so skrupellos wäre, hätte ich schon zu einem Massenmörder werden müssen..."

„Die Gerberstraße liegt doch sehr zentral. Vielleicht können Sie aus diesem Objekt eben ganz besonders viel Kapital schlagen?" Riesle klang nun schon nicht mehr so selbstsicher, wie er sich anfangs präsentiert hatte. Und die Schweißflecken nahmen auch zu.

„Fest steht: Ich hätte das Haus gerne", sagte Schmitz. „Es wird einer der größten Coups, seitdem ich die Firma übernommen habe. Fest steht auch: Wir werden es nun wohl kaufen. Zumindest, wenn Herr Mengert mitspielt, dem das andere Haus gehört."

Riesle fühlte sich versucht zu sagen: Sonst müssen Sie den halt auch noch umbringen, nahm sich aber zurück. Ihm kam ein anderer Gedanke: Könnte es sein, dass das Geld in Weissers Villinger Haus versteckt war? Dann fragte er aber lediglich: „Können Sie mir sagen, was die Tochter von Herrn Weisser eben wollte?"

„Sie wollte mir versichern, dass sie dem Verkauf zustimme. Aber nur mündlich wird diese Erklärung wohl kaum..."

„Wundert mich gar nicht", meinte Riesle, der in seinem Kaffee rührte. „Jetzt wird also verkauft..."

„Vermutlich schon. Zumindest, wenn Herr Mengert seine Bedenken über Bord wirft..."

„Ich wusste gar nicht, dass er welche hat", sagte Riesle. „Wissen Sie, wo er wohnt? Oder sagen Sie mir wenigstens seinen Vornamen? Dann finde ich es selbst raus."

Schmitz war nicht der Meinung, dass etwas dagegen spräche. „Herr Mengert gehört leider zu den Leuten, die sich nicht entscheiden können", sagte Schmitz dann. „Erst wollte er eher verkaufen, nun aber nicht mehr." Er machte eine wegwerfende Handbewegung: „Da sehen Sie mal, wie viel Energie das kostet. Erst will der eine verkaufen, der andere aber nicht. Dann stirbt der andere, aber nun zaudert wieder der eine. Ich sage Ihnen: Da ist Überzeugungskraft und seriöses Auftreten gefragt, keineswegs rohe Gewalt."

Kommissar Müller hatte inzwischen den zeitweiligen Verlust seines Protokolls einigermaßen verschmerzt. Es galt nun, dem Mörder auf der Spur zu bleiben. Es galt auch, schnell alle Verdächtigen zu befragen. Das Verhör von Christian Weisser, dem jüngeren Sohn, den sie am Schwenninger Bahnhof geschnappt hatten, war nicht zu Müllers Zufriedenheit verlaufen. Der Mann hatte zwar mehrere Wertsachen bei sich gehabt – von zwei alten Halsketten bis zu einem Fingerring und einem recht wertvollen Bild des

Schwarzwaldmalers Emil Thoma –, aber das Geld, von dem dieses Rätsel handelte, hatten sie bei ihm nicht gefunden. Er habe sich „seinen verdienten Anteil am Erbe" genommen und dann zurück nach Berlin fahren wollen, hatte Christian Weisser ausgesagt. Von einer Flucht könne man absolut nicht sprechen. Und außerdem habe er Besseres zu tun, als „bei einem kindischen Rätsel kreuz und quer durch den Schwarzwald zu eiern". Die Wertgegenstände habe er bereits zu einem Zeitpunkt mitgenommen, zu dem sein Vater noch „quietschlebendig" gewesen sei. Überhaupt habe er als Erster das Fest verlassen. Und noch dazu mit öffentlichen Verkehrsmitteln, was schwer genug gewesen sei. Ein Auto könne er sich leider nicht leisten.

Er sei vor drei Tagen mit dem Zug aus Berlin gekommen, und genauso habe er auch wieder vorgehabt zurückzufahren. In Berlin, so hatte er dem Hauptkommissar noch fast vorwurfsvoll ins Stammbuch geschrieben, als sei dieser Schuld daran, habe er noch nie mit einem Mord zu tun gehabt. Er sei froh, dass er über 700 Kilometer von dieser tödlichen Provinz weg wohne. Allerdings hatte Müller festgestellt, dass der junge Weisser schon mehrfach mit der Berliner Polizei in Konflikt geraten war: Drogenbesitz und Körperverletzung. Zu ersterem passte auch die „geringe Menge" an Cannabis-Produkten, die die Beamten bei ihm sichergestellt hatten...

Müller wusste nicht genau, wie er damit umgehen sollte. Einerseits ließ er den jüngeren Weisser-Sohn wegen „schweren Diebstahls und Verstoßes gegen das Betäubungsmittelgesetz" vorläufig inhaftieren, andererseits war er sich nicht sicher, ob der Diebstahl dieser Wertgegenstände wirklich das Motiv für einen Mord sein könnte. Vielleicht hatte der Alte seinen Sohn auf frischer Tat ertappt...

Verwunderlich fand es Müller, und das sagte er Christian Weisser auch, dass er mit seiner Abreise noch nicht einmal bis zur Beerdigung seines Vaters gewartet habe. Dies deute darauf hin, dass er etwas zu verbergen habe. Kurzum: Er werde mindestens noch ein, zwei Tage in dieser Provinz bleiben müssen – hinter Schwarzwälder Gardinen gewissermaßen. Und die Sachen, die er an sich genommen habe, seien natürlich beschlagnahmt.

Der eine Weisser also hinter Gittern, nach dem anderen lief eine Fahndung. Aber was war eigentlich mit der Tochter? Kam die nicht auch dafür in Frage? Diesen Kindern von Weisser schien ja beinahe alles zuzutrauen zu sein.

Ruhig, Stefan, besann sich Müller. Er durfte nicht in Hektik verfallen, würde diesen Mord schon noch aufklären. Doch eines nach dem anderen. Jetzt galt es erst einmal, sich dem nächsten Gesprächspartner zu widmen. Ohnehin eine Frechheit, dass man ihn hier so lange warten ließ.

„Bitteschön – hier entlang, Herr Kommissar“, hieß es endlich. Müller sah weniger seinen Gesprächspartner als vielmehr Klaus Riesle, der ihm gerade aus dessen Büro entgegen kam.

15. AM TAG, ALS DER HAGEL KAM

„Hubertus?“, fragte Riesle, als sein Gesprächspartner den Hörer abnahm. „Du bist schon zu Hause? Na, Lehrer möchte ich... Such mir doch bitte mal im Telefonbuch raus, wo in Schwenningen Berthold Mengert wohnt... Wie, keines zur Hand?... Dann halt im Internet... Und dann komm am besten gleich beim Bauunternehmen Berger vorbei... Berger, du erinnerst dich... Ja, das ist mittlerweile in Schwenningen... Ach so, stimmt, kein Führerschein... Und Martina?... Dann pass doch du auf den Kleinen auf. Dann kann Martina mich... Wie meinst du?... Gut, dann sehen wir uns später... Schützenstraße 17 b?... Prima... Weißt du, wie ich da mit dem Bus vom Mühlweg aus hinkomme?... Was heißt, der Kleine schreit? Martina ist doch da... Er will telefonieren?... Oh Gott, dann vergiss es. Ich lege auf und rufe gleich Mengert an...“

Es war ein nettes, aber unauffälliges Haus, dem sich Riesle näherte. Nicht zu groß, nicht zu klein. Vor der Tür standen ein Renault Twingo und ein weißer Opel mit Hochsitz, wie ihn eben Pflegedienste mitunter hatten. Erst nach dem dritten Klingeln öffnete ein korpulenter Endvierziger mit Schnauzbart. Dem nach 20-minütigem Fußmarsch ermüdeten Riesle fiel eines auf: Der Mann wirkte nicht gerade fröhlich. Das Wohnzimmer, in das er nun geführt wurde, war solide eingerichtet. Nicht zu viel Protz, aber auch nicht billig. Es sah aus, wie man es sich von draußen wohl vorgestellt hätte. Mittelstand eben. Ein paar Bücher: Simmel, eine Luther-Bibel, Bildbände über Schwarzwald, Schwäbische Alb und Lappland, außerdem Bücher über so unterschiedliche Themen wie Pferdezucht und Krankenpflege. Dann gab es noch Klassiker à la „Homo Faber“ und „Im Westen nichts Neues“. Die übliche Ausstattung von jemandem, der sein Haus wohl in den 70er-Jahren eingerichtet hatte.

Nachdem es beim Bauunternehmer nicht geklappt hatte: Hier würde Riesles forsches Auftreten eher verfangen. „Herr Mengert, Riesle vom ‚Kurier‘, ich hatte angerufen. Wollen Sie denn jetzt Ihr Haus in Villingen verkaufen oder nicht?“

Mengert schüttelte behutsam den Kopf. „Ehrlich gesagt, ich bin mir nicht so sicher, aber...“

„Berthold, kommst du bitte mal?“, ertönte nun eine weibliche Stimme.

„Meine Frau“, sagte er. „Sie fühlt sich gerade nicht so wohl.“

„Gleich, Schatz“, rief der korpulente Mann über seine Schulter, wo offenbar das Schlafzimmer der Mengerts war.

Dann raschelte es und die Frau stand in der Tür. Sie hatte eine Decke über den Schultern und wog etwa die Hälfte ihres Mannes. „Sind Sie der Mann von der Presse?“, fragte sie.

Riesle nickte.

„Wir reden gerne mit Ihnen, aber möchten Sie bitten, nichts zu veröffentlichen“, sagte Frau Mengert. „Tatsache ist, dass mein Mann und ich noch nicht wissen, ob wir das Haus in der Gerberstraße verkaufen sollen oder nicht. Wir werden derzeit sehr bedrängt...“

„Von Herrn Schmitz vom Bauunternehmen Berger?“, fragte Riesle.

„Natürlich, der war auch schon mehrfach da“, nickte die Frau und setzte sich auf die Couch.

„Was heißt auch?“, fragte Riesle, der sich jetzt an die Frau hielt.

„Vor 30 Minuten klingelten zwei unverschämte Personen, die uns beinahe bedroht haben. Wir sollen verkaufen, sonst gäbe es Ärger..."

„Die Tochter von Herrn Weisser?", fragte Riesle.

„Und ihr Mann", nickte die Frau. „Üble Typen. Richtig wild schienen die aufs Geld zu sein."

„Und was haben Sie denen gesagt?", fragte Riesle, während er sich die Bilder an der Wand ansah. Frau Mengert, ähnlich dünn wie jetzt. Herr Mengert, noch nicht ganz so korpulent. Und ein Mädchen, etwa zwölf Jahre alt, das ein Pferd am Zügel hielt. Das passte zu den Pokalen, die in einer Anrichte aufgestellt waren.

„Reitet Ihre Tochter?", fragte Riesle, besann sich dann aber wieder aufs Wesentliche: „Was haben Sie denn nun diesem Pärchen gesagt?"

„Dass wir uns nicht einschüchtern lassen", sagte Herr Mengert. „Wir treffen eine freie Entscheidung."

„Sie wollten doch erst verkaufen, wenn ich das richtig verstanden habe", erwiderte Riesle.

„Herr Schmitz hatte uns ein gutes Angebot gemacht", meinte Mengert. „Aber andererseits ist das Haus seit vielen Jahren in Familien-Besitz. Und deshalb zögere ich ein wenig. Außerdem käme es mir etwas schäbig vor, zu verkaufen, nachdem Herr Weisser..."

„Ja?"

„Na, ja – er wollte ja zu Lebzeiten nicht verkaufen. Und jetzt bekommen wir auch noch diese Anrufe. Wahrscheinlich ist meine Frau deshalb nicht so ganz gesund..."

„Was für Anrufe?"

„Anonyme eben", fuhr Mengert fort. „Vier-, fünfmal schon. ‚Verkauft, sonst geht's euch wie Weisser.' Das geht einem schon an die Nerven. Und jetzt noch dieses Pärchen..."

„Halten Sie es für möglich, dass die Weisser-Tochter auch hinter den Anrufen steckt?"

Frau Mengert schüttelte den Kopf: „Nein, das war eine männliche Stimme. Andererseits könnte es natürlich auch der Mann dieser Tochter gewesen sein...“ Sie zuckte zusammen. Draußen donnerte es heftig.

„Haben Sie mal einen der Anrufe aufzeichnen können oder auf dem Display eine Nummer gesehen?“, fragte Riesle.

Kopfschütteln.

„Leider nicht“, sagte Herr Mengert. „Diese Leute sind keine Anfänger.“

„Haben Sie die Polizei eingeschaltet?“

Jetzt nickte Mengert. „Ja, heute, nach einem abermaligen Anruf. Da wollte nachher noch jemand vorbeikommen.“

„O.K.“, nickte Riesle. „Wie gut kannten Sie eigentlich Herrn Weisser?“

„Wir haben uns vielleicht ein paar Mal gesehen“, sagte Mengert. „Also eher oberflächlich. Wir haben das Haus in Villingen geerbt – und er wohnte auch nicht in der Gerberstraße, sondern in dieser Mühle in Stockburg, in der er ja dann auch...“

„Einmal war er bei uns, weil er erfahren hatte, dass wir unser Haus verkaufen wollten“, ergänzte seine Frau. „Er war mächtig erbost und sagte, wir sollten uns nicht kaufen lassen.“

Wieder donnerte es, kurz danach erhellte ein Blitz die sich in den vergangenen Minuten allmählich verdunkelnde Stube.

„Der Besuch von Herrn Weisser hat uns schon etwas zu denken gegeben“, meinte Mengert etwas zerknirscht. „Das mit dem Sich-Kaufen-Lassen. Das hört natürlich niemand gern.“

„Haben Sie eine Vorstellung, wer ihn umgebracht haben könnte?“, forschte Riesle nach.

„Wahrscheinlich diejenigen, die uns belästigen“, sagte Frau Mengert. „Und in Frage kommen wohl alle, die einen Nutzen davon hätten, wenn wir verkaufen. Das Bauunternehmen Berger, diese Tochter – und so weit ich weiß, gibt es auch noch weitere Kinder. Womit ich da jetzt niemanden verdächtigen will.“

„Wissen Sie eigentlich, wo diese Weisser-Tochter derzeit wohnt? Oder haben die Ihnen eine Telefonnummer hinterlassen?“, forschte Riesle weiter nach. „Ich muss mir dieses Pärchen mal näher ansehen...“

Wieder schüttelte Herr Mengert den Kopf. „Sie haben sich damit begnügt, uns zu drohen.“

„Also wenn ich Sie wäre“, sagte Riesle etwas leichtfertig, „dann würde ich das Haus nach Möglichkeit nicht verkaufen. Alleine schon, um diesen Kriminellen nicht nachzugeben. Aber ich werde auf jeden Fall versuchen rauszubekommen, wer Ihnen das antut.“

„Vielen Dank!“, sagte Mengert. „Denn es ist wirklich nicht angenehm, immer wieder fürchten zu müssen, dass es klingelt und dass dann...“

In diesem Moment klingelte es tatsächlich. Frau Mengert zuckte zusammen.

„Das ist die Haustür“, sagte Mengert und stand auf.

„Ich komme gleich mit raus“, meinte Riesle. „Ich will noch den Bus erreichen, ehe das Gewitter richtig losgeht.“ Er bedankte sich und kündigte an, sich eventuell nochmals zu melden.

In der Tür wartete eine kleine Überraschung auf ihn.

„Mist!“, sagte die Überraschung.

„Schon wieder? Hallo, Herr Hauptkommissar.“ Mehr sagte Riesle nicht, denn er hatte es eilig, trockenen Fußes zum Busbahnhof zu kommen.

Er schaffte es nicht. Nach etwa 200 Metern – er befand sich auf dem Muslenplatz – begann es zu regnen. Und wie!

Der Bus nach Villingen ließ auf sich warten.

In den nächsten Minuten wurde Riesle nicht nur klatschnass, sondern bekam auch einen Sturm mit, wie er ihn noch nie erlebt hatte. Dagegen war selbst der berüchtigte „Lothar" vor ein paar Jahren ein laues Lüftchen gewesen. Statt Regen dominierte nun Hagel, statt Sturm ein Orkan. Schemenhaft konnte Riesle sehen, wie ein Teil des Daches der Stadtkirche abgedeckt wurde und wie gegenüber im Mauthe-Park zahlreiche Äste kapitulierten. Die Straßen wurden in Sekundenschnelle überschwemmt.

Riesle floh. Er erwog, sich zu Kerstins Wohnung oder zumindest bis zur Schwenninger „Kurier"-Redaktion durchzuschlagen. Doch schon nach einigen Schritten musste er aufgeben. Mehrere Taubenei-große Hagelkörner erwischten ihn und fügten ihm eine Platzwunde am Haaransatz zu. Da! Ein Taxi! Wenn er es im Hinhasten richtig sah, hatte das Auto ebenfalls schon Hagel-Dellen. Riesle riss die Tür auf, setzte sich und schrie: „Schnell! Nach Villingen."

„Das Einzige, was ich jetzt mache, ist, den Wagen in Sicherheit zu bringen", schnauzte der Fahrer ihn an, was durch die Einschläge der Hagelkörner kaum zu verstehen war. Er fuhr mit hoher Geschwindigkeit die 100 Meter in die Garage des City-Rondells und stellte seinen Wagen in der Mitte des überdachten zweiten Stockwerkes ab. „Das macht dann drei Euro 40", sagte er zu Riesle, der gerade versuchte, mit einem Papiertaschentuch die blutende Wunde zu stillen.

Er drückte dem Fahrer fluchend fünf Euro in die Hand, ohne das Rückgeld abzuwarten. Dann stieg er aus dem Wagen und näherte sich dem Außengeländer. Die Dächer der gegenüberliegenden Häuser waren durchlöchert wie Siebe.

Wenigstens hagelte es jetzt nicht mehr. Es regnete nur noch…

Als Riesle durch die „Muslen“ in Richtung „Kurier“ lief, musste er aufpassen, nicht auf einer dicken Schicht von Hagelkörnern, welche die Pflastersteine bedeckte, auszurutschen. Ein Bild wie im tiefsten Winter! Für einen Moment ärgerte er sich, seinen Fotoapparat nicht dabei zu haben. Ein Grund mehr, schnell beim „Kurier“ vorbeizuschauen…

„Habt ihr gesehen, was da draußen los ist?“, fragte Riesle, als er in die Geschäftsstelle kam.

„Hallo Klaus“, begrüßte ihn die Anzeigenverkäuferin. Zunächst beachtete sie ihn gar nicht, weil sie noch immer durch das Schaufenster wie gebannt auf die jetzt weiße Fußgängerzone starrte. Dann wandte sie ihm den Kopf zu: „Mein Gott, du blutest ja!“

„Ach, ist nicht der Rede wert“, beschwichtigte Klaus und nahm die Treppe zur Redaktion. Die Anzeigenverkäuferin verfolgte ihn mit einem Verbandskasten.

Als er vor dem Schreibtisch seines Kollegen Bernd Bieralf stand, legte dieser gerade den Telefonhörer auf. Die Anzeigenverkäuferin versuchte, eine Mullbinde um Klaus’ Kopf zu wickeln. Der wehrte sich heftig und schaute vorwurfsvoll Bieralf an. „Da draußen ist Katastrophenzustand und du sitzt noch immer in deiner trockenen Redaktionsstube? Kein Wunder, dass du von der Statur her Hubertus immer ähnlicher wirst!“

„Einer muss ja bei uns die Fäden in der Hand behalten“, grinste Bieralf ungerührt und machte sich ein paar Notizen, ohne Klaus anzusehen. „Hab gerade mit dem Rathaus telefoniert. Die sind ganz schön aufgeregt. Der OB hat einen Krisenstab einberufen. Außerdem rufen laufend panische Bürger an. Bei einigen hat es schon in die Wohnzimmer reingeregnet.“

Er schaute von seinem Schreibtisch auf und entdeckte Riesles Platzwunde.

„Was ist denn mit dir los? Habt ihr euch wieder mal mit einem Eishockeyspieler geprügelt?“

„Nein, das war ein Hagelkorn, du Witzbold“, sagte Riesle, der immer noch alle Hände voll zu tun hatte, sich die wohlwollende Anzeigenverkäuferin vom Leib zu halten.

„Siehst ja ganz schön zugerichtet aus“, schmunzelte Bieralf und zog eine Schublade seines Schreibtischs auf. Er nahm seine Fotokamera heraus und gab Anweisungen:

„Klaus, schau doch bitte etwas schmerzverzerrter... Rosi, guck in die Kamera, wenn du ihm das Verbandszeug an den Kopf hältst... und bitte etwas mitleidiger... nein, du darfst noch nicht die Wunde abdecken... die muss man doch sehen... wartet mal, ich vergrößere noch etwas... das Foto werden wir in der Samstags-Rubrik in Farbe bringen... das wird eine schöne Story... Kurier-Reporter von Hagelkorn verletzt... ach was: schwer verletzt...“

Bieralf drückte mindestens ein Dutzend Mal auf den Auslöser, bleckte dabei die Zähne. Er schien sich wirklich zu amüsieren.

„Jetzt bleib mal ernst“, ermahnte Riesle. „Ruf in Villingen an, ob die die Immobilien-Geschichte noch aktuell wollen.“

Doch der Anruf war gar nicht nötig. Schon klingelte Bieralfs Telefon. Die Stimme am anderen Ende der Leitung war unzweifelhaft die des Redaktionsleiters.

„Was? Riesle ist bei Ihnen?“, hörte auch der die vibrierenden Stimmbänder seines Chefs. „Der soll seinen Hintern schleunigst hierher bewegen. Die Immobiliengeschichte hat Zeit. Wir brauchen jetzt eine Reportage, die ganz nah am Geschehen ist. Ich will einen Geschädigten, dem es das Dach verhagelt und in die Bude geregnet hat.“

„Und wie soll ich bitteschön nach Villingen kommen?“, flüsterte Riesle in Richtung Bieralf, der die Frage für den Redaktionsleiter wiederholte.

„Mit dem Auto natürlich, mit was denn sonst!“ Die Stimme wurde lauter. Ob er den Tag bei seinem Bluthochdruck und dem Übergewicht wohl ohne Herzinfarkt überstehen würde?

„Aber Chef, der Riesle hat doch keinen Führerschein. Der ist mit dem Bus nach Schwenningen gekommen…“ Bieralf grinste Riesle genüsslich an.

„Dann setzen Sie sich halt hinters Steuer, Bieralf, und kutschieren ihn nach Villingen. Und wagen Sie nicht, mir noch einmal zu widersprechen. In 20 Minuten will ich euch hier sehen, sonst…“

„Aber Chef…“ Es machte nur noch Klick! Aufgelegt!

Für einen Moment war Bieralf schlecht gelaunt: „Nur, weil du dein Alkoholproblem nicht im Griff hast, muss ich hier jetzt Chauffeur spielen. Als hätten wir keine anderen Probleme. Von der Südwest Messe machen wir ohnehin schon jeden Tag drei Sonderseiten – und jetzt noch der Hagel!“

Doch als er Riesle genau betrachtete, besserte sich seine Laune wieder. Die Anzeigenverkäuferin war fertig mit ihrem Druck-Kopfverband. Ein Auge war nur noch halb zu sehen. Das Ende der Mullbinde stand Klaus wie eine wippende Indianerfeder ab.

Die Fahrt nach Villingen dauerte dann doch etwas länger als 20 Minuten. Fast an jeder Straßenecke hielten die beiden Journalisten an, zückte Bieralf seine Kamera, um die Hagelschäden zu dokumentieren. Mal waren es zwei heruntergerissene Ampelanlagen, die einem Torso glichen. Mal konzentrierten sie sich auf Heck-, Seiten- und Frontscheiben der am Wegesrand stehenden Autos, die entweder Spinnenmuster des zerstörten Glases aufwiesen oder gleich eingeschlagen waren. Noch immer waren die Straßen weiß, bedurfte es einiger Fahrkunst, den ebenfalls von zahlreichen

Hagelkörnern verunstalteten Opel Corsa mit dem Aufdruck „Schwarzwälder Kurier“ durch die Straßen zu bewegen. Außer ihnen waren nur wenige Autos unterwegs. Die Stadt schien starr vor Entsetzen, allerdings sah man immer wieder Menschen, die die Schäden an ihrem Hab und Gut trotz des heftigen Regens gleich unter die Lupe nehmen wollten.

„Der Chef hat sie doch nicht mehr alle“, fluchte Bieralf. „Du hast es im Radio ja gerade gehört. Hier in Schwenningen ist das Epizentrum der Schäden, und der schickt uns nach Villingen. Ist mal wieder typisch.“

Riesle nickte geistesabwesend und dachte über den Mordfall nach.

Bieralf schien jedoch durchaus an einer Kommunikation gelegen. „Wusste gar nicht, dass es so viele Feuerwehrautos in der Stadt gibt“, meinte er, als das vierte Mal eines mit Sondersignal auftauchte.

„Die benachbarten Leitstellen werden wohl auch ihre Leute und die Wagen hierher beordert haben“, erläuterte Riesle, der sich vornahm, möglichst bald sein Polizeifunk-Abhörgerät wieder zum Einsatz zu bringen. Noch immer war es in seinem Kadett festgemacht. Nutzen konnte er es momentan ohnehin nur bedingt, denn solange er derart immobil war, würde er gegenüber der Konkurrenz immer Nachteile haben. Riesle nahm sich deshalb einmal mehr vor, nichts mehr zu trinken.

Er rief Hubertus an. Den Informationen Elkes entnahm Riesle, dass das Hummel'sche Haus wohl auch etwas beschädigt worden war. Das brachte den Journalisten auf eine Idee: „Bernd, fahr mich direkt in die Vom-Stein-Straße. Hubertus ist unser Hagelopfer!“

Ein Anruf beim nach wie vor ungeduldig-cholerischen Redaktionsleiter erbrachte das Ultimatum, bis 20 Uhr eine „top-recherchierte, knackige Geschichte“ abzuliefern.

In Villingen sah es vielleicht nicht ganz so schlimm aus wie im benachbarten Stadtteil, die Schäden waren jedoch auch hier immens. Zersplittertes Glas, kaum befahrbare Straßen, auf denen das Weiß der Hagelkörner rasch in Matschbraun übergegangen war. Der immer noch anhaltende Regen tat ein Übriges, die Straßen fast unpassierbar zu machen. Als sie in Villingen die Bertholdstraße stadteinwärts fuhren und den Kaiserring querten, lachte Riesle plötzlich gehässig. Ein Mann stand fluchend vor seinem schicken schwarzen Auto und versuchte, zahllose Hagelkörner von seinem Fahrersitz zu wischen, um hinters Steuer des Wagens zu gelangen. „Schau mal, dem hat's ins offene Cabrio reingeregnet", feixte Riesle. „Selbst schuld, wenn man bei so einer teuren Mühle das Verdeck nicht zumacht." Auch wies der Wagen einige Dellen auf, die Scheiben schienen das Unwetter aber halbwegs überstanden zu haben.

„Ein Kölner Schnösel", stimmte Bieralf nach dem Blick auf das Kennzeichen in den Spott mit ein, ehe er den Blick wieder auf die Straße richtete. „Eigentlich sollten wir ihn auch fotografieren. Der wird seinen Schwarzwaldurlaub so schnell nicht vergessen."

Riesle, der sich bereits abgewandt hatte, fuhr herum. „Köln? Verdammt, und das war ein BMW Z4. Das ist der Sohn!"

„Der wer?"

„Der Sohn! Johannes, der ältere Sohn des ermordeten Weisser! Dieses Ex-Gemeinderates aus Stockburg. Hubertus und ich recherchieren in dem Fall."

„Natürlich", stöhnte Bieralf.

„Den haben wir schon beim Vogtsbauernhof gesehen", fuhr Riesle fort. „Und jetzt ist er hier – das ist doch ganz in der Nähe von Weissers Haus in der Gerberstraße, das zum Verkauf steht. Wenden!"

Bieralf zuckte mit den Schultern. „Wie soll ich hier

wenden? Abgesehen davon ist alles voller Matsch."

„Wenden! Schnell!", wiederholte Riesle ähnlich laut wie vergeblich.

Bieralf, dem sein Kollege mittlerweile ziemlich auf den Keks ging, stieg in die Eisen und setzte den sommerbereiften und nun nach rechts driftenden Corsa auf Höhe des Gefängnisses fast gegen den Randstein. Dennoch schaffte er es schließlich kurz vor der Fidelis-Kirche, zu wenden und zurückzufahren.

Johannes Weisser war weg.

„Wir gehen jetzt mal zu diesem zum Verkauf stehenden Haus – vielleicht finden wir dort ein Hagel-Reportage-Thema", meinte Riesle, der ohnehin erpicht darauf war, das Gebäude endlich genauer unter die Lupe zu nehmen.

„Ich sag dir aber eins", bemerkte Bieralf, dem sein Aushilfs-Job als Chauffeur keinen Spaß mehr machte. „In 30 Minuten sitze ich wieder in meinem Büro in Schwenningen. Zehn Minuten gebe ich dir vor und in diesem Haus – und anschließend erklärst du mir den Hintergrund eurer Schnüffeleien."

Riesle kam nicht recht weiter. Die Haustür war abgeschlossen. Obwohl er wusste, dass das Haus eigentlich schon gar nicht mehr bewohnt war, drückte er jede der Klingeln mehrfach und ohne Resonanz. Auch das Gebäude nebenan schien leer zu stehen.

„Also ich fahr jetzt zurück, Klaus", meldete sich Bieralf zu Wort.

Riesle dachte kurz nach. „Bring mich wenigstens noch in die Südstadt zu Hubertus. Und erzähl mir auf dem Weg dorthin, was du über diesen Schmitz von Berger-Bau weißt.

„Schmitz? Der war bei mir auf der Schule. War schon damals jemand, der hoch hinaus wollte. Ist zweifellos einigermaßen erfolgreich, durchsetzungsfähig, nicht gerade bescheiden – und einer unserer besten Anzeigenkunden."

„Traust du ihm einen Mord zu, um die Zustimmung zu einem Hausverkauf zu erzwingen?“, erkundigte sich Riesle, während sie wieder ins Auto stiegen.

Bieralf fuchtelte mit seinem Zeigefinger vor Riesles Nase herum. „Eine gute Idee, mein Lieber.“ Dann musste er grinsen. „Schreib das mit dem Mordverdacht doch in einen Artikel“, meinte er dann. „Das ist der sicherste Weg, um unseren Herrn Redaktionsleiter aus dem Weg zu räumen. Denn dann kriegt er sicher einen Herzinfarkt!“

16. PLÜNDERER!

Hubertus war gerade dabei, im Obergeschoss ein vom Hagel zerschlagenes Dachfenster mit Folie abzudichten, als er im Garten den Nachbarn Pergel-Bülow mit einer Schaufel stehen sah. Genauer gesagt war es Hubertus' Garten, in dem der Nachbar stand, und Hubertus' Schaufel und Schubkarren, derer sich Pergel-Bülow bemächtigt hatte. In seinem gelben Regenmantel und einem dazu passenden Regenhut sah er aus wie ein Nordseefischer. Ein alberner Aufzug, wie Hubertus fand.

„Was machst du da, Klaus-Dieter?" Das „Du", bei dem man seit der ökologisch-korrekten Einzugsparty war, ging ihm noch immer schwer über die Lippen. Elke war – wie Hubertus fand – voreilig darauf eingegangen.

„Hallo Huby, ich räume ein bisschen in deinem Garten auf und befreie deine Rosenbeete von der schweren Last des Hagels", antwortete Pergel-Bülow überfreundlich. „War ja ein furchtbares Unwetter, da müssen wir jetzt alle zusammenhalten."

Huby? Die Anrede war allenfalls Elke oder Klaus vorbehalten.

Hubertus bemühte sich dennoch, freundlich zu bleiben.

„Das ist sehr nett von dir" – Hubertus biss sich auf die Unterlippe – „...Klaus-Dieter...aber das ist wirklich nicht nötig. Wir kommen schon alleine zurecht. Kümmere dich lieber um deinen eigenen Garten!"

„Um den kümmert sich doch schon die Regine. Sie ist ja handwerklich so begabt. Und gute Nachbarschaft ist so wichtig, Hubertus. Gerade in so kritischen Lebenslagen. Ihr macht ja mit dem Enkel gerade eine schwierige Zeit durch.

Und jetzt noch diese Katastrophe. Da braucht man schon mal Hilfe. Das ist ganz natürlich. Und auf unsere Solidarität kannst du zählen", trällerte Pergel-Bülow und schob die zu große Regenkappe seines Friesennerzes aus seinem Gesicht. Er winkte Hubertus überschwänglich zu und machte sich dann wieder daran, die dicke Hagelschicht aus dem Blumenbeet in die Schubkarre zu schaufeln.

Gut gemeint und gut gemacht sind zweierlei, dachte Hubertus. Und dann dachte er noch zunehmend aufgebracht weiter. „Einmischung in die Privatsphäre" und „fürchterlich aufdringlich" waren Vokabeln, um die seine Überlegungen kreisten.

„Wir brauchen aber keine Hilfe und wir machen auch keine schwere Zeit durch, Herr Nachbar", rief Hubertus schließlich. Sein Ton war jetzt eine Spur weniger freundlich. Doch entweder wollte ihn Pergel-Bülow nicht hören – oder er vernahm ihn nicht, weil der Regen wieder stärker herunterprasselte. Jedenfalls machte er unbeirrt weiter.

Hubertus überprüfte, ob der Parkettboden unter dem provisorisch abgedichteten Dachfenster trocken blieb. Die Konstruktion schien zu halten. Er schaute kurz nach Martina und dem Enkel. Maximilian nuckelte zufrieden an ihrer Brust. Martina war beim Stillen eingenickt. Zu gerne hätte er ein Foto gemacht, doch dafür war keine Zeit. Er schlich die Treppe hinunter, zog sich rasch seinen alten Parka über und ging in den Vorgarten, wo der Nachbar noch immer Hagelkörner schaufelte.

„Klaus-Dieter, lass das jetzt bitte. Ich kriege das schon selbst hin", sagte Hubertus und bemühte sich dabei um einen höflichen, aber bestimmten Tonfall.

„Nein, nein, ich mache das wirklich gerne, mein Freund."

Mein Freund?

Hubertus griff nach dem Stiel der Schaufel, wollte sie Pergel-Bülow aus den Händen nehmen. Doch der Nachbar leistete Widerstand.

„Gib jetzt die Schaufel her!" Hubertus biss die Zähne zusammen.

„Lass mich nur machen, Huby", gab Pergel-Bülow zurück.

Das letzte „Huby" war zu viel. Hubertus packte nun kräftiger zu und versucht, dem Nachbarn die Schaufel zu entreißen. Pergel-Bülow blieb zäh. „Ich mache das sehr gerne..."

Als Klaus in Hummels Vorgarten kam, war er geschockt. Nicht genug, dass Hubertus' Opel und Garten vom Hagel ziemlich verwüstet waren. Jetzt wurde er auch noch von einem Mann, der sich mit einem gelben Regencape vermummt hatte, mit einer Schaufel angegriffen.

„Hör auf... lass los", rief Hubertus verzweifelt.

Die Schaufel schien sich jeden Moment auf Hubertus' Kopf zu senken. Klaus sah seinen Freund schon blutüberströmt auf dem Boden liegen. Der gebrochene Schädel zwischen Hagelkörnern, die Körner von Hubertus' Blut getränkt, sein bester Freund ermordet von einem Plünderer, der die Katastrophenlage schamlos ausnutzte. Und Klaus und Hubertus würden keine Kriminalfälle mehr lösen, nie mehr ins Bistro gehen, nie mehr zum Eishockey, nie mehr auf die Langlaufloipe. Auf einer solchen hatte er Hubertus schon einmal gegen einen Angreifer beistehen müssen.

Deshalb überlegte Klaus auch nicht lange. Er stürzte sich auf den Plünderer, stieß dabei eine Art Schlachtruf aus – „Uuaaah" oder so ähnlich. Er passte zu Klaus' verwegenem Aussehen mit dem Verband am Kopf. Seine geballte Faust landete mitten im Gesicht von Pergel-Bülow. Und der landete im Rosenbeet. Das Blut schoss ihm aus der Nase... Volltreffer!

„Sag mal, bist du jetzt eigentlich von allen guten Geistern verlassen?“, schimpfte Hubertus.

„Das ist ja mal wieder typisch. Ich rette dich, und der Dank ist eine Moralpredigt. Jetzt verteidigst du schon Plünderer und Räuber, du Besser-Mensch“, fuhr Klaus seinen Freund an.

„Plünderer? Das ist doch kein Plünderer. Das ist mein Nachbar.“

Pergel-Bülow hielt sich einen Ärmel an die blutende Nase, den anderen Arm streckte er Klaus entgegen: „Hallo, ich bin der Klaus-Dieter. Freut mich, dich kennen zu lernen. Du musst ein Freund von Huby sein...“

„Äh...ich bin der Klaus...äh...angenehm“, stammelte Riesle und reichte Pergel-Bülow die Hand. „Und wieso gehen Sie mit der Schaufel auf Hubertus los?“

„Ich wollte hier doch nur etwas aufräumen, Huby entlasten...“

Ein paar Minuten später befanden sich alle drei zusammen mit Elke in Hummels Wohnzimmer. Während Hubertus seinem Freund immer noch Vorwürfe machte, lag Pergel-Bülow auf dem Sofa. Ein Kissen hatte er schon mit seiner blutenden Nase ruiniert. Hubertus ärgerte sich. Auch darüber, wie einfühlsam Elke sich um den verletzten Nachbarn bemühte: „Armer Klaus-Dieter...soll ich dir noch etwas Eis bringen...sollen wir nicht doch den Heilpraktiker rufen...“ Sie tätschelte seinen Arm. Klaus-Dieter hier, Klaus-Dieter da. Hubertus hätte Riesle am liebsten auch eine verpasst. Der Nachbar würde sobald nicht mehr aus seinem Wohnzimmer verschwinden.

Seine Wut steigerte sich, als Pergel-Bülow auch noch damit begann, Klaus' Einsatz zu loben: „Huby hat tolle Freunde. Wenn tatsächlich ein Räuber im Garten gewesen wäre, dann hättest du ihm vorhin das Leben gerettet. Und das, obwohl du selbst verletzt bist..."

Hubertus stöhnte: Was war das nur wieder für ein Tag? Erst der Hagel, bei dem er schlimme Angst um Enkel, Tochter, Frau und Besitz gehabt hatte. Und dann immer wieder diese unglaublich toleranten und allzu verständnisvollen Nachbarn, die ihn noch aggressiver und gestresster machten. Mit dem Hubertus, der vor 25 Jahren emphatisch seine Kriegsdienstverweigerung durchgebracht hatte, weil er überzeugter Pazifist war, hatte er seit einiger Zeit schon nichts mehr gemein.

Seine Aggression nahm auch deshalb zu, weil Elke überhaupt nicht mehr aufhörte, sich um Pergel-Bülow zu kümmern. Ein Wunder-Fläschchen hier, eine asiatische Salbe dort, es war zum Verrücktwerden. Und das Ganze zwei Tage vor Hochzeit und Taufe. Hoffentlich hatte das Münster bei dem Hagel nichts abbekommen, sonst müssten die Feierlichkeiten verschoben werden.

„Ich muss dann mal", sagte Klaus, dem das alles auch nicht geheuer zu sein schien.

„Ich komme mit", sagte Hubertus. Es lag ihm auf der Zunge, seiner Eifersucht wieder einmal freien Lauf zu lassen, doch er beherrschte sich und trottete hinter Klaus her in Richtung Flur.

„Ich verstehe ja, dass du die beiden allein lassen willst", scherzte Riesle, „aber ich muss jetzt in die Redaktion. Kann ich zuvor noch ein Bild von dir vor eurem Haus machen?"

Hubertus posierte vor den zerbrochenen Fensterscheiben und dem derangierten Apfelbaum im Garten, auch wenn er nicht recht verstand, warum. Immerhin tat Klaus ihm den Gefallen und fotografierte mit der von Bieralf geliehenen Kamera die zahlreichen Hagel-Schäden in Nahaufnahme: „Für die Versicherung."

Als sie auf dem Gehweg standen, sah Hubertus, dass auch die Nachbargrundstücke einiges abbekommen hatten. Zwei Häuser weiter besserten drei Männer mittleren Alters bereits auf eigene Faust Dachziegel aus. Die Situation schien recht gefährlich, denn es regnete immer noch etwas und der eine glitt mehrfach auf dem schrägen Dach aus. Die Pfützen auf den Straßen nahmen beträchtliche Ausmaße an. Von fern ertönte immer wieder das Martinshorn. Im Garten schräg gegenüber standen einige Anwohner und debattierten die Schadenslage.

Klaus salutierte mit dem Zeigefinger. „Ich muss dringend in die Redaktion – bei dem, was in der Stadt los ist."

Hubertus schien unschlüssig. Zurück ins Haus wollte er nicht, denn wahrscheinlich würde er dort das Werk vollenden, das Klaus an seinem Nachbarn begonnen hatte.

„Lass uns noch kurz über den Fall reden", bat er seinen Kumpel dann.

„Dann lauf halt ein Stück mit", sagte der und referierte über den Fall, während der nur ein Hemd tragende Hubertus etwas fröstelte. Durch das Gewitter war die Stadt merklich abgekühlt.

„Also gut: Der Alt-Gemeinderat Kurt Weisser ist ermordet worden, nachdem er seiner Familie eröffnet hatte, dass sie möglicherweise auf ihr Erbe würde verzichten müssen. Nur derjenige, der innerhalb von acht Tagen ein Schwarzwaldrätsel löst, bekommt das Geld, die anderen gehen leer aus."

Hummel übernahm, während er bei der Hotelfachschule zum etwa siebten Mal binnen drei Minuten in eine Pfütze trat. „Das erste Rätsel führt zum Vogtsbauernhof, wo das Ehepaar Weisser damals seinen Hochzeitstag verbracht hat. Dort haben wir eingeschnitzt einen Hinweis auf eine Kuckucksuhr gefunden. Also könnte das Geld in dieser Kuckucksuhr stecken."

„Warte mal“, meinte Riesle, dessen Handy wieder einmal klingelte. Er entschied sich dann aber dagegen, das Gespräch anzunehmen. Dass die in der Redaktion langsam ungeduldig wurden, konnte er sich vorstellen. In zehn Minuten würde er aber ohnehin da sein.

Dann rekapitulierte der Journalist weiter: „Verdächtige Familienmitglieder sind der arbeitslose jüngere Bruder, der es recht schnell vorgezogen hat, zurück nach Berlin zu fahren, und der am Schwenninger Bahnhof von der Polizei geschnappt wurde. Laut Bericht, den mir der Kommissar freundlicherweise für einige Minuten in der Redaktion überlassen hat, hat dieser Bruder verschiedene Gegenstände aus dem Haus mitgenommen.“

„Und Müller verdächtigt ihn nun des Raubmordes“, vermutete Hummel.

Riesle fotografierte ein kaputtes Dach, schaute gleichzeitig auf das schon wieder klingelnde Handy, rückte seinen Verband zurecht und fasste den Fall zusammen. „Die Frage lautet: Hat er das Geld an sich genommen und es irgendwo versteckt? In einem Schließfach – oder wo auch immer?“

Hubertus nickte. „Dann gibt es diese Schwester und ihren Mann.“

„Richtig. Unsympathische Figuren, wenn du mich fragst“, meinte Riesle. „Wo die sind, ist derzeit unklar. Allerdings sind sie zweifelsohne auch dem Geld auf der Spur. Und schließlich haben sie ja sogar diesen Mengert bedroht, dem das Haus neben Weisser in der Gerberstraße gehört und der ein Wackelkandidat in punkto Verkauf ist.“

„Ich tippe ja auf diesen älteren Bruder mit seinem schicken Z4, den wir beim Vogtsbauernhof gesehen haben“, vermutete Hummel, der geschniegelten Leuten grundsätzlich alles zutraute. „Solche Typen kriegen doch den Hals nie voll.“

„Habe ich dir ja noch gar nicht erzählt", fiel Riesle ein. „Den haben Bieralf und ich vorhin gesehen, wie er in sein tropfnasses, offenes Cabrio gestiegen ist. Leider haben wir ihn nicht mehr erwischt. Wenn das Protokoll Müllers stimmt, hat der eine Kuckucksuhr aus dem Haus seines Vaters entwendet. Und darin..."

„... müsste das Geld sein", ergänzte Hummel. „So ein Turbokapitalist!"

„Ich höre ihn jetzt noch, wie er an dem Geburtstag vor seinem Vater geprahlt hat: Einser-Abschluss in BWL, Doktor mit sonst was, Außendienstchef bei der Projekt AG in Köln; einem der größten Beamer-Unternehmen in ganz Deutschland."

Hummel stutzte und blieb stehen – aber nicht, weil er das Jubiläum der zehnten Pfütze, in die er gerade getreten war, begehen wollte.

„Sagtest du ‚Projekt AG'?"

„Ja, oder so ähnlich jedenfalls."

„Wenn es um Beamer und um Köln geht: Könnte das auch ‚Projektor AG' geheißen haben?"

Riesle schaute ihn verständnislos an. „Könnte es, ja."

Hummel schlug seinem Freund auf den Oberarm: „Torsten und Markus!"

„Wie? Nein, Christian und Johannes heißen doch die beiden Weisser-Brüder."

Hummel hatte schon sein Handy in der Hand. Unter P in seiner Suchleiste fand er „Projektor". Dann schaute er kurz Riesle an: „Torsten und Markus. Alte Freunde von mir. Hast du doch im ‚Bistro' auch schon mal kennen gelernt."

Riesle überlegte, während ihm Hummel weiter auf die Sprünge half: „Die haben die Projektor AG vor einigen Jahren gegründet und exportieren mittlerweile in die ganze Welt. Der Laden boomt total. Ist jetzt in 'ner Villa in Köln-Dellbrück, glaube ich. Du kennst die beiden doch: Der eine schwarze Haare, der andere mittelblonde und 'ne Brille. Haben mit mir Zivildienst gemacht. Das war 'ne tolle Zeit, in der wir alle..."

„Die Marathon-Männer?" Bei Riesle war rechtzeitig der Groschen gefallen.

„Richtig", nickte Hummel, der bereits mit der Sekretärin redete. „Einer der beiden reicht mir... Dann verbinden Sie mich bitte ganz kurz in das Meeting. Es ist wirklich dringend!"

Zu Riesle meinte er: „Genau, die Marathon-Männer. Laufen dieses Jahr, glaube ich, wieder den Kölner und dann noch irgend... Torsten?"

Der „Projektor"-Chef schwankte zwischen freudiger Überraschung und dem Hinweis, dass es gerade eher schlecht passe. Doch als Hummel den Namen Johannes Weisser erwähnte, hörte er, wie sein Gegenüber zu seinen Mitarbeitern sagte: „Die Deutschen Botschaften in Peking und Beirut haben wieder geordert? Prima, dann klinke ich mich hier kurz aus. Markus, kannst du weitermachen?" Hummel hörte Schritte und, wie eine Tür geschlossen wurde. Dann sagte sein Freund: „Wie kommst du denn auf Weisser?"

„Ganz einfach: Wir sind hier an einer Art Schwarzwaldrätsel beteiligt und suchen den Mörder des Vaters eures Mitarbeiters", antwortete Hummel, während Riesle ungeduldig wurde.

„Ehemaligen", kam es nach einer Pause trocken aus dem Hörer.

„Bitte?"

„Unseres ehemaligen Mitarbeiters. Markus hat ihm vor ein paar Tagen die Entlassungspapiere überreicht."

Hummel war baff. Der immer noch niederprasselnde Regen kümmerte ihn überhaupt nicht mehr. „Warum?"

„Wir reden hier streng vertraulich, ja?"

Hummel bejahte.

„Weisser war ein cleverer Mitarbeiter, aber leider kein ehrlicher – zumindest in letzter Zeit nicht“, meinte der Beamer-Experte. „Er hat zweimal Aufträge gefälscht, um mehr Provision rauszuschlagen. Da gibt's ja immerhin Beamer, die 50.000 Euro kosten – und da kommt schon einiges zusammen. Außerdem waren seine Spesenabrechnungen zuletzt überzogen. Er hat offenbar mehrfach jemanden auf seine Reisen mitgenommen – wahrscheinlich seine Freundin.“

„Seinen Freund“, warf Hummel ein.

Die Verblüffung am anderen Ende währte nur kurz – in Köln war das wohl eher die Regel als im Groppertal.

„Weißt du, ob er schon einen neuen Job hat?“, fragte Hummel, der im Hintergrund die Sekretärin der Firma hörte, die etwas vom „HC 5000“ und einer Großbestellung berichtete.

„Nein“, meinte Torsten. „Unsere Kündigung war fristlos und ohne Abfindung. Ich glaube kaum, dass er jetzt auf die Schnelle und mit diesem Zeugnis schon was hat. Moment: Ja, danke, Herr Hüls“, widmete er sich kurz einem Mitarbeiter.

„Uns kam Weisser etwas großspurig vor“, sagte Hummel. „Bei seinem Lebenswandel wird er doch ziemlich viel Geld brauchen.“

Torsten widersprach nicht – und während die Sekretärin diesmal etwas wegen eines „Full HD Beamer mit 1920 x 1080 Pixel“ wissen wollte, meinte er noch grinsend: „Nicht alle Schwarzwälder bleiben halt so bodenständig wie Markus, du und ich.“

Hubertus überließ ihn schließlich seinen Geschäften und informierte Riesle.

„Den Job los und immer noch einen teuren Sportwagen fahren. Unser Mann braucht dringend Geld. Du wirst sehen“ – er tippte sich an die Nase – „mein Gespür hat uns nicht getrogen.“

„Klingt so. Ansonsten bliebe uns noch dieser Bauunternehmer, weil der von dem Deal in der Gerberstraße sicher massive finanzielle Vorteile hätte", meinte Riesle und hatte sogar noch einen weiteren Verdächtigen parat. „Vergiss nicht den St. Georgener Bürgermeister. Immerhin erhält seine Gemeinde nun Weissers Haus für dieses Uhrenmuseum."

Hummel zuckte mit den Schultern. „Na, ja, vielleicht hat der nach dem Mord diese spezielle Uhr aus dem Haus entwendet", sagte er ohne rechte Überzeugung. „Ich denke auf jeden Fall, dass das Geld in dieser Uhr steckt. Aber die hat meiner Meinung nach eher der BMW Z4-Sohn. Also müssten wir eigentlich nur den finden..."

Riesle widersprach: „Wäre doch aber komisch, wenn der Alte groß ein Rätsel ankündigt und das nur aus zwei Stationen besteht: Der Anzeige im ‚Kurier' und diesem Eingeritzten am Vogtsbauernhof."

Nun waren sie vor der Redaktion des „Kurier" angekommen, und Riesle wurde langsam mulmig bei all dem, was er journalistisch noch zu tun hatte. Eine Information wollte er aber noch an Hummel weitergeben: „Übrigens hat die Polizei laut Müllers Bericht die anderen Kuckucksuhren in Weissers Haus beschlagnahmt. Wir müssen dort also nicht noch mal hinfahren. Geld war aber wohl in keiner dieser Uhren. Wahrscheinlich hat wirklich der ältere Bruder die richtige Uhr mitgenommen. Aber lass uns morgen darüber reden. Ich muss jetzt mal ran."

„Lösch meine Fotos nicht. Die brauche ich noch für die Versicherung", ermahnte ihn Hummel, hob die Hand und trottete an zahlreichen auf den Gehsteigen liegenden Ziegeln vorbei zurück nach Hause. Allzu lange wollte er Elke und ihren Verletzten auch nicht alleine im Wohnzimmer lassen...

17. DIE HUMMEL-STORY

„Ist der Artikel über das Hagel-Opfer endlich fertig?", kam es aus dem Büro des Redaktionsleiters.

„Gleich! Fünf Minuten", rief Riesle, der an seinem Arbeitsplatz im Großraumbüro saß und seinem Protagonisten noch ein Zitat in den Mund legen musste.

„ ‚Als der Hagel losging, kam ich mir vor, als würde der Dritte Weltkrieg über der Südstadt ausbrechen', berichtet Hubertus Hummel atemlos dem ‚Schwarzwälder Kurier'."

So, jetzt brauchte er nur noch eine knackige Schlusspassage. Dann war die Story über die hagelgeschädigte Familie Hummel fertig. Nun, sie war zwar nicht ganz authentisch. Aber schließlich hatte er vorhin keine wirkliche Gelegenheit mehr gehabt, Hummel über den Hagel und seine konkreten Auswirkungen zu interviewen. Also musste er die Fantasie etwas spielen lassen. Und diese strengte er nochmals an: Klaus hatte wieder die schiefe, blutüberströmte Nase von Hubertus' Nachbarn Pergel-Bülow vor Augen. „Genau! So machen wir's!"

Er tippte hastig im klassischen Zwei-Finger-Suchsystem in die Tastatur: „Währenddessen kümmert sich Hummels Ehefrau Elke um den Nachbarn, der auf dem Sofa liegt. Das Blut strömt immer noch aus den Nasenlöchern und auf das bunt bestickte Sofakissen. Ein Hagelkorn hat ihn mitten ins Gesicht getroffen. Elke Hummel stillt rasch die Blutung mit ein paar Wattebäuschen und streicht dem vor Schmerz wimmernden Mann beruhigend über den Arm."

Mit einem Mausklick setzte er den Artikel auf die erste Lokalseite und rief:

„Story Hagelgeschädigte ist fertig!"

„Okay!", kam es aus dem Chefbüro.

18. IM UHRENMUSEUM

Endlich! Der Gong zur großen Pause. Hummel klappte seine Gedichtsammlung deutscher Klassiker zu und stürmte noch vor seinen Siebtklässlern aus dem Zimmer. Er wollte möglichst rasch ins Lehrerzimmer und endlich den Artikel im „Schwarzwälder Kurier“ lesen, den Klaus über ihn und die Unwetterschäden verfasst hatte. Ein Kollege hatte ihn schon vor der ersten Stunde kurz darauf aufmerksam gemacht. Er hatte sehr mitleidig geklungen...

Als er im Türrahmen des Lehrerzimmers stand, blickten sich alle Kollegen nach ihm um. Irgendwie fühlte er sich mehr beachtet als sonst. Das konnte Positives bedeuten, musste es aber keineswegs. Ihn beschlichen unangenehme Vorahnungen.

Noch ehe er seinen Platz erreichte, stürmte Regine Pergel auf ihn zu und umarmte ihn.

„Hallo, Hubertus. Wir sind wirklich betroffen!“

Hubertus verstand nicht. War jemand gestorben? Regine streckte ihm einen weißen Umschlag entgegen. „Wir sind zwar fast alle vom Hagel geschädigt, aber nachdem wir den Artikel im ‚Kurier‘ gelesen haben, sind wir uns einig, dass keiner so gebeutelt ist wie ihr, Hubertus. Deshalb haben wir – die Lehrerschaft des Romäusring-Gymnasiums – beschlossen, für euch zu sammeln.“

Erst jetzt fiel Hubertus auf, dass Klaus Dieter Pergel-Bülow nur ein paar Meter hinter Regine stand. Er winkte Hubertus zu, versuchte zu lächeln, was mit dem großen Verband auf der Nase nicht einfach war und etwas verschroben aussah. Klaus hatte ganze Arbeit geleistet.

Klaus! Hubertus verfluchte seinen Kumpel.

Regine umarmte Hummel noch einmal: „Ich finde es so

toll, wenn Männer zu ihren Gefühlen stehen und auch einmal weinen können. Das zeugt von wahrer Größe!“

Hä? Was meinte die Pergel jetzt damit? Er fühlte sich erneut von allen angestarrt. Die Kollegen erwarteten offenbar eine Dankesrede.

„Also das ist...das ist wirklich sehr lieb von euch, wäre aber nicht nötig gewesen. Die Versicherung wird die Schäden schon begleichen...denke ich“, sagte Hubertus. Er nahm dennoch das Kuvert, wedelte damit herum und sagte: „Ich werde aber meinem Enkel etwas Schönes kaufen und euch alle bei nächster Gelegenheit einladen.“

Nämlich in den Garten der Pergel-Bülows, fügte Hubertus in Gedanken gehässig hinzu...

Ein paar Minuten später saß Hummel endlich unbehelligt auf seinem Platz. Dem Kollegen Kaiser, Mathematik und Sport, hatte er den „Kurier“ abgenommen und wusste bald, warum die Pergel sich zu dieser Samariter-Aktion veranlasst gesehen hatte.

Wenn man Klaus’ blumiger Lyrik Glauben schenkte, konnte man meinen, das Hummel’sche Haus in der Südstadt stünde gar nicht mehr. Dass Hubertus’ Dach „völlig ruiniert“ war, es einen „gewaltigen Wasserschaden“ gegeben hatte, davon hatte er gar nichts mitbekommen. Dass Klaus nun aber auch noch seinen Enkel instrumentalisierte und schrieb: „Der kleine Maximilian wird künftig wohl in einem feuchten, pilzbefallenen Haus leben müssen“, brachte Hubertus auf die Palme. Was ihn jedoch noch mehr ärgerte, war folgender Satz: „Immer wieder kämpft Hubertus Hummel während des Interviews mit den Tränen...“

Na warte!

Als Hubertus ein paar Seiten weiter blätterte, sah er tatsächlich ruinierte Dächer, nämlich vornehmlich in Schwenningen und Trossingen, wo das Unwetter noch heftiger gewütet zu haben schien. Er blätterte noch mal zurück und stieß auf der ersten Lokalseite auf eine interessante Aufmachermeldung mit Foto. Überschrift: „Leiche in der Brigach?“ Kürzel: „Ri“ – schon wieder Klaus.

„Villingen-Schwenningen. Mord, Selbstmord oder ‚nur' ein Unfall? Einen rätselhaften Fund machten die Einsatzkräfte gestern Abend gegen 18 Uhr in der Brigach. Ein BMW Z4 war offenbar aufgrund des Unwetters von der Fahrbahn abgekommen, hatte das Geländer durchbrochen und war in den Hochwasser tragenden Fluss gestürzt. Fieberhaft suchten die Einsatzkräfte nach dem Fahrer. Es handelt sich dabei um den aus Stockburg stammenden und zuletzt in Köln wohnhaften 41-jährigen Johannes Weisser – Sohn des vor ein paar Tagen ermordeten St. Georgener Ex-Gemeinderates Kurt Weisser. Doch von Johannes Weisser fehlt bislang jede Spur. Ob es sich also letztlich wirklich um einen Unfall handelt oder ob nicht ebenfalls ein Verbrechen hinter dem Verschwinden des Mannes steckt, muss jetzt geklärt werden. Die Kriminalpolizei ist am Zug.“

Hummel schaute von seiner Zeitung auf und beobachtete Regine Pergel, wie sie gerade selbstgemachten Vollkorn-Apfelkuchen unter den Kollegen verteilte. Gedankenverloren nahm auch er ein Stück. Johannes Weisser war also verschwunden. Was sollte er davon halten? Weisser hatte die Kuckucksuhr aus seinem Elternhaus mitgehen lassen, in der vermutlich die 300.000 Euro steckten. Und wo waren die dann jetzt? In der Brigach oder auf der Polizeidirektion? Hubertus machte sich kaum noch Hoffnungen, jemals an das Geld zu kommen.

Als der erste Gong zur nächsten Stunde schlug, ging er noch ein letztes Mal rasch die Zeitung durch. Diesmal gelang es ihm, schnell über „seinen“ fürchterlichen Artikel wegzublättern. Dafür las er umso genauer einen anderen, in dem beschrieben wurde, dass die Volksmusikantin Margot Hellwig nach ihrem Auftritt im Festzelt der Südwest Messe durch ein fast tennisballgroßes Hagelkorn verletzt und ins Krankenhaus eingeliefert worden war. Ob Musikantin, Bürgermeister oder Müllmann – vor dem Hagel sind alle gleich, dachte er sich. Ansonsten schienen sich die Schäden auf der Messe dank der stabilen Ausstellungshallen einigermaßen in Grenzen zu halten. Auf dem Freigelände waren dem Artikel zufolge ein paar Leichtverletzte zu beklagen, denen es ähnlich ergangen war wie der Jodlerin. Die Beulen an Traktoren und an Autos auf dem großen Parkplatz der Messe entsprachen wohl dem Schwenninger Durchschnitt. Aber niemand schien es offenbar so schlimm erwischt zu haben wie ihn selbst, wenn man dem „Kurier" Glauben schenken konnte. Danke, Klaus!

Dann fiel sein Blick noch auf eine weitere kleine Meldung: „Kuckucksuhrenausstellung trotz Hagelschäden." Es ging um das Schwenninger Uhrenmuseum. Hubertus stolperte über folgenden Satz: „Die besondere Attraktion der Ausstellung ist eine von Kurt Weisser aus Stockburg zur Verfügung gestellte Kuckucksuhr aus dem Jahre 1870, die einer Schwarzwaldmühle nachempfunden ist. Sie ist auch Gegenstand eines Preisrätsels. Der Hauptgewinn…"

Der zweite Gong. Eigentlich sollte er jetzt schon in der 6b sein. Was tun? Erst mal weiterlesen: „Der Hauptgewinn ist ein Rundflug für zwei Personen über den Schwarzwald."

Hubertus grübelte: War das Rätsel doch nicht zu Ende? War das Geld gar nicht in jener Kuckucksuhr, die Johannes Weisser aus seinem Elternhaus hatte mitgehen lassen? In dem Artikel war keine Rede davon, dass Kurt Weisser nicht mehr lebte. Entweder hatte man im Museum davon nichts mitbekommen. Oder der Artikel war schon zuvor verfasst worden. Auf jeden Fall – da war sich Hubertus jetzt sicher

– war es kein Zufall, sondern ein weiterer Rätselhinweis...

Er war im Zwiespalt. Die Schüler erwarteten ihn bestimmt schon lärmend. Wollte er jedoch das Geld für seinen Enkel, musste er jetzt schnell handeln und ins Uhrenmuseum fahren.

Ihm fiel nichts Besseres ein als eine „plötzliche Übelkeit, die mich gerade im Lehrerzimmer überkommen hat". Er stand etwas eingefallen im Sekretariat und schwor sich, dass er nach diesem Tag definitiv nie wieder blaumachen würde – in den ganzen ihm noch bleibenden 20 Lehrer-Jahren nicht. Frau Storz musterte ihn kritisch: „Herr Hummel, Sie müssen mehr auf Ihre Gesundheit achten. Sie brauchen Ruhe!" Hubertus nickte und kam trotz seines Schuldbewusstseins auf eine originelle Antwort: „Ich glaube eher, es lag an Frau Pergels Apfelkuchen."

Zum Glück begegnete er nicht seinem Chef, sondern nur ein paar Schülern, die offenbar eine Freistunde hatten oder den Unterricht schwänzten. Normalerweise hätte er sie jetzt angesprochen. Doch Hubertus lief direkt aus dem Schulhaus in Richtung Saarlandstraße, damit niemand mitbekam, wie er zunächst mit seinem Handy telefonierte und dann in ein vom Hagel ebenfalls recht zerbeultes Taxi stieg, das er in Richtung „Kurier"-Redaktion dirigierte.

Als Klaus ebenfalls auf dem Rücksitz des Taxis saß, beschimpfte ihn Hubertus zunächst für den „unsäglichen Artikel, mit dem du mich vor all meinen Kollegen blamiert hast", ging dann aber für seine Verhältnisse ungewöhnlich schnell zum Rätsel über.

„Ich glaube nicht", setzte Hubertus an, „dass dieser Artikel über die Uhrenausstellung ein Zufall ist. Vermutlich haben wir bis jetzt der falschen Uhr nachgejagt. Die 300.000 Euro..." Hubertus sah die weit aufgerissenen Augen des Taxifahrers im Rückspiegel auf sich gerichtet.

Er hätte sich gewünscht, jetzt in einem alten englischen Taxi zu sitzen, bei dem man dank einer getrennten Fahrgastkabine und eines verschiebbaren Glasfensters ungestört sein konnte.

„Die 300 Euro“, überbetonte Hummel, „die 300 Euro dürften entweder in der Weisser-Uhr im Uhrenmuseum Schwenningen sein, oder das Preisrätsel gibt einen weiteren Hinweis.“

„Wieso nur 300 Euro?“, fragte Klaus.

Hubertus blickte ihn scharf an und ließ die Augen immer wieder in Richtung Taxifahrer wandern.

„Ach so, die 300 Euro!“, johlte Riesle dann. „Ja, die 300 Euro müssten wohl in der Uhr stecken.“ Und flüsterte: „Abgesehen davon wollte ich jetzt eigentlich das Schicksal des Sohnes in der Brigach weiterrecherchieren.“

Als sie die imaginäre Grenze nach Schwenningen passierten, sah auch Hubertus, dass die Lage hier sehr viel schlimmer war. Zahlreiche Ziegelsteine lagen auf den Gehwegen, auf den Straßen gab es immer noch Hagelreste – und der Schaden an den Häusern war auch größer als in Villingen. Die ersten Dachdecker waren schon im Einsatz.

Der Taxifahrer setzte sie vor dem Uhrenmuseum ab. Endlich waren sie ungestört.

„Was ich nicht verstehe“, sagte Klaus und betrachtete den prächtigen Backsteinbau aus der Mitte des 19. Jahrhunderts mit seinen hohen, halbrunden Fenstern, „ist das Verschwinden des älteren Weisser-Sohnes. Wenn der die Uhr und das Geld gar nicht hatte, dann macht sein Verschwinden doch keinen Sinn.“

„Vielleicht war das Ganze auch ein Ablenkungsmanöver, mit dem er sich die anderen Schatzjäger vom Leib halten wollte?“ Hummel betrachtete das alte, aufpolierte Emailleschild: „Württembergische Uhrenfabrik Bürk Söhne“. Sie betraten das kleine, lichtdurchflutete Foyer. Hubertus löste zwei Eintrittskarten und konnte Klaus nur mit Mühe davon abhalten, seinen Journalistenausweis zu zücken. „Wir sollten jetzt möglichst wenig auffallen. Außerdem ist drei Euro ein wirklich humaner Preis“, ermahnte Hubertus.

Die Freunde beachteten die nachgebaute Uhrenwerkstatt eines Bernhard Steiner aus Dauchingen ebenso wenig wie das Besucherlaboratorium. Obwohl Hubertus darin ganz gerne mal eine Uhr zusammengebaut hätte. Sie steuerten stattdessen direkt die Sonderausstellung im hinteren Museumstrakt an. Die Geräuschkulisse war beachtlich: Über hundert Kuckucksuhren tickten durcheinander. Hubertus genoss die sehr spezielle Atmosphäre und den Anblick der aneinander gereihten, unterschiedlichsten Exemplare. Es gab ganz einfache Modelle, aber auch welche mit kunstvoll verschnörkelten Schnitzereien. Diese zeigten menschliche Figuren in Trachten, Fichten und Tannen, kleine Eichhörnchen, sogar Wölfe und Bären, welche es im Schwarzwald schon längst nicht mehr gab.

Ein paar vornehmlich ältere Herren begutachteten die Uhren akribisch.

„Wie sollen wir in diesem Wirrwarr die Weisser-Uhr finden?“, fragte Klaus, der an ein paar eisernen Tannenzapfen zog, die als Gewichte an einer der Uhren hingen.

„Lass deine Finger da lieber weg. Diese Uhren sind sehr empfindliche Objekte“, ermahnte Hubertus. „Was die Weisser-Uhr betrifft: Schließlich haben die Ausstellungsmacher überall Hinweistafeln angebracht.“ Er ging auf ein Exemplar zu, das mit besonders feingliedrigen Schnitzereien versehen war und auf einem Tisch stand. „Schau zum Beispiel hier. Das ist eine Tischkuckucksuhr des Uhrmachers Andres Blasius aus Schönwald, Baujahr cirka 1850, Leihgeber: Rolf Wursthorn, Eisenbach.“ Hubertus klopfte Klaus auf die Schulter. „So finden wir auch die Weisser-Uhr. Ich schlage mal vor, ich suche im vorderen Ausstellungsbereich. Und du gehst schon mal in den hinteren. So sparen wir wertvolle Zeit."

Nach der schätzungsweise zehnten Uhr war Hubertus derart in die Beschreibungen der alten Exponate vertieft, dass er fast vergessen hätte, warum sie eigentlich hier waren. Er zwang sich, die folgenden Beschreibungen nur noch zu überfliegen.

Nach weiteren zwei Dutzend Uhren klingelte sein Handy: Mozarts kleine Nachtmusik mischte sich mit dem Klangteppich der tickenden Uhren. Er schaute auf das Display und sah den Namen Klaus. Hubertus drückte rasch auf den roten Knopf und lief pikiert die wenigen Meter zu seinem grinsenden Freund. Dieser stand vor einer riesigen Kuckucksuhr mit einem Mühlrad. Klaus wies auf das Hinweisschild:

„Nr. 157: Schwarzwaldmühle als Kuckucksuhr. Franz Beha 1870, Leihgeber: Kurt Weisser, Stockburg."

Klaus machte sich gerade daran, die Tür, in der der hölzerne Kuckuck schlummerte, zu öffnen und hineinzuspicken. Da er nichts erkannte, zog er einen Kugelschreiber hervor, der per Knopfdruck auch als Taschenlampe diente. Klaus leuchtete in das Loch hinein.

„Hm. Groß genug wäre die Uhr ja als Versteck für das Geld. Aber ich sehe nur Zahnräder", meinte er dann und ließ das Kuckucksuhr-Türchen wieder zuschnappen.

„Warte mal. In dem Artikel stand doch, dass die Weisser-Uhr Gegenstand eines Gewinnspiels ist. Es könnte doch sein, dass unser Rätsel mit diesem Preisrätsel zu tun hat", sagte Hubertus und betrachtete das sich fortwährend drehende Mühlrad.

Ein paar Minuten später stand er wieder im Foyer und fragte die Dame an der Kasse nach dem Preisrätsel. Sie reichte ihm den Ausstellungsprospekt und wies auf die Rückseite. Hubertus las Klaus die Preisfrage vor:

„Welcher Mühle ist die Kuckucksuhr Nr. 157 des Uhrmachers Franz Beha nachempfunden? A: der Weisser-Mühle in Stockburg, B: der Hexenlochmühle bei Neukirch, C: der Kobisenmühle bei St. Georgen?“

„Ist doch klar“, sagte Klaus. „Der Leihgeber ist Kurt Weisser. Also muss die Uhr auch seiner Mühle nachempfunden sein. Das Geld muss also doch dort versteckt sein. Lass uns gleich noch mal hin...“

„Keine vorschnellen Schlüsse“, bremste Hubertus und schaute auf die Kartenverkäuferin.

„Können Sie uns vielleicht einen Tipp geben?“, zwinkerte Hubertus sie an.

„Schauen Sie halt einfach mal in den Prospekt“, zwinkerte die Dame zurück. „Dann sind Sie bestimmt schlauer.“

Hubertus blätterte ihn durch, überflog die Beschreibungen der bedeutendsten Ausstellungsstücke, zu denen auch die Kuckucksuhr des Kurt Weisser zählte. Ein paar Zeilen gaben über die Entstehung Auskunft:

„Das Exponat Nr. 157, Leihgeber ist Kurt Weisser aus Stockburg, ist der berühmten Hexenlochmühle bei Neukirch nachempfunden. Das einzigartige Exponat entstammt dem Uhrmacher Franz Beha (1817-1907), der in der Hexenlochmühle in Abgeschiedenheit lebte. Der so genannte ‚Mühlefranz‘ wurde auch dadurch bekannt, dass er hölzerne Waaguhren schuf, sie mit der Jahreszahl 1640 versah und sie in den Rauchfang hängte, damit die Uhren eine alte Patina bekamen. Der Verkaufserfolg war beachtlich. Bis heute werden in der Hexenlochmühle Kuckucksuhren hergestellt.“

Sicher wäre der „Mühlefranz“ ein Fall für den Herrn gewesen, der sich nur ein paar Meter weiter Notizen auf einem

Bistrotisch machte. Hubertus erkannte ihn gleich an seiner runden Nickelbrille und dem scharfen Blick. Hauptkommissar Müller. Er unterhielt sich gerade mit einem jungen Mann – Weissers jüngerem Sohn. Die letzten Fetzen des Gesprächs bekamen sie noch mit: „Ich gebe Ihnen einen guten Rat: Sie sollten schleunigst zurück nach Berlin fahren. Ich kann nämlich für nichts garantieren. Am Ende landen Sie noch mal im Polizeigewahrsam. Vorstrafen, Diebstahl, Verstoß gegen das Betäubungsmittelgesetz…“

Der junge Weisser verließ wortlos das Museum. Müller bemerkte nun Hummel und Riesle, die für ihn äußerlich immer gegensätzlicher wirkten. Der eine, Riesle, sah zunehmend abgemagert aus, während der andere von mal zu mal rundlicher zu werden schien.

„Die Herren Hobbyschnüffler auf den Spuren der Kuckucksuhren. Ich hätte nicht vermutet, dass sich Lokaljournalisten und Studienräte für Feintechnik interessieren…“

Klaus war sich inzwischen sicher, dass der nächste Rätselschritt zur Hexenlochmühle führte.

Nun aber zu diesem Müller, der offenbar auf der Suche nach dem Mörder ebenfalls die Rätselspur verfolgte.

„Guten Tag, Herr Kommissar. Mit Ihnen hätten wir aber auch nicht gerechnet“, sagte Klaus und betrachtete das Blatt Papier, das Müller gerade beschrieb. Es war das Preisrätsel. „Und dass Sie ein Rätselfreund sind, hätte ich auch nicht gedacht.“

„Na, man muss ja nicht gerade ein Sherlock Holmes sein, um dieses Quiz hier zu lösen. Meine Frau hat demnächst Geburtstag. Da wäre ein Rundflug über den Schwarzwald genau das Richtige. Übrigens sollten Sie wissen, dass ich aus einer alten Uhren-Dynastie stamme“, sagte Müller und trennte den Coupon vom Prospekt.

„Vater Staat bezahlt seine Beamten einfach zu schlecht“,

ließ sich Riesle diese Vorlage nicht entgehen.

„Ich muss dann mal. Sie wissen ja, der Weisser-Fall treibt uns noch um", war Müller kurz angebunden und drückte der Verkäuferin den Gewinncoupon in die Hand.

„Gibt's denn schon was Neues?", fragte Riesle.

„Nur soviel, dass jeder, der bei diesem Preisrätsel mitmacht, potenziell tatverdächtig ist", grinste Müller böse. „Und da Sie, Riesle, am Tatort waren, sind Sie sogar hochgradig verdächtig. Sie müssen also demnächst mit Ihrer Verhaftung rechnen."

Müller ging grußlos.

Als auch Riesle und Hummel den alten Backsteinbau verlassen hatten, kam ihnen ein kräftiger Mann mittleren Alters mit Schnauzbart entgegen.

„Guten Tag, Herr Mengert", sagte Riesle und hielt ihm die Tür auf.

„Ah", begrüßte der den Journalisten. „Auch Uhren-Fan?"

„Als Lokalredakteur muss man an allem interessiert sein", setzte Riesle das Geplänkel fort. „Und Sie?"

„Ich bitte Sie", meinte Mengert. „Als alter Schwenninger..."

Ehe das Gespräch sich nun auch noch um den Hagel drehte, fragte Riesle: „Werden Sie Ihr Haus in Villingen nun an Berger-Bau verkaufen?"

„Wir wissen es noch nicht. Aber wir wollen uns in einer der nächsten Wochen entscheiden. Momentan denke ich, wohl eher nicht. Aber das letzte Wort..."

„Gab es seit gestern weitere Droh-Anrufe?"

Mengert schüttelte den Kopf. „Ich bin trotzdem froh, wenn wir endlich eine Entscheidung getroffen haben."

Die beiden Freunde nickten und verabschiedeten sich. Riesle klärte Hummel über Mengert auf: „Da ist übrigens sein Wagen", zeigte er auf das weiße Auto, das Riesle bereits gestern zusammen mit dem Twingo vor dem Haus gesehen hatte.

„Was macht er denn beruflich?“, fragte Hummel mit Blick auf das weiße Gefährt, das eine große Heckklappe hatte. Mit deren Hilfe konnte man wohl Rollstühle in den Wagen schieben, von denen einer im hinteren Teil des Fahrzeugs zusammengeklappt stand.

„Hat einen Pflegedienst oder so was“, meinte Riesle, der mit seinen Gedanken bei der Uhrenausstellung war. „ Damit machen sich ja immer mehr Leute selbständig.“

„Stimmt“, nickte Hubertus. „Wobei ich neulich gelesen habe, dass es da auch schwarze Schafe gibt, die die Leute ausbeuten. Wenn ich da an meine Zivildienstzeit bei den Maltesern denke: Damals haben wir...“

Hier schaltete Riesle endgültig ab.

19. Schwarzwaldtour

„Und wie kommen wir jetzt ins Hexenloch?“, fragte Hummel eine ganze Weile später. Zwei Ermittler – und beide ohne Führerschein, es war geradezu grotesk.

Außerdem sollte er noch an seiner Rede feilen, die er morgen würde halten müssen. Schließlich bezahlte er ja nach alter Väter Sitte die Hochzeit. Na ja, notfalls würde er einfach improvisieren.

„Mit dem Taxi?“, schlug Riesle vor, der allmählich auch unruhig wurde. „Ich sollte eigentlich zurück in die Redaktion. Wir machen auch morgen wieder mindestens drei Hagel-Sonderseiten.“

Hubertus, der zumindest rein dienstlich nach seiner vorgetäuschten Übelkeit heute weniger angespannt war, verwarf die Idee mit dem Taxi aus Kostengründen, beruhigte aber seinen Freund: „Das hier kannst du ja wohl als Hagelrecherche ausgeben. Und jetzt fahren wir zu dieser Hexenlochmühle – da kann man doch was für eure Landkreis-Seite machen.“

Riesle war noch nicht recht überzeugt. „Na, ja, ich werde aber einige Male telefonieren müssen. Alleine will ich dich jedenfalls nicht dorthin fahren lassen. Ich schlage vor, dass uns Didi oder Martina kutschieren...“

„Martina wird sich nach unserer Chaos-Tour zum Vogtsbauernhof definitiv weigern, auch wenn ich meinen Maxi gerne dabei hätte. Außerdem sind Didi und sie ja wohl mit den Hochzeitsvorbereitungen genug beschäftigt.“

„Wenn wir das Geld finden, bekommt Didi ein fürstliches Taschengeld, das er Martina zur Hochzeit schenken kann“, ließ Klaus nicht locker.

Sie stritten noch eine Weile und ließen sich dann mit einem Taxi ins Villinger Münstergemeindezentrum fahren, wo Didi gerade seiner hausmeisterlichen Pflicht nachkam, die restlichen Hagel-Verwüstungen zu beseitigen. Ständig fuhr er sich über seine verschwitzten, blonden Haare, wechselte seine Arbeitsinstrumente vom Hammer zum Bohrer zum Schleifgerät und kratzte sich dann wieder am Kopf.

„Als hätte ich nicht schon genug mit der Hochzeit um die Ohren“, fluchte er. Etwas hellte sich seine Miene dennoch auf: „Tolle Geschichte heute mit dir im ‚Kurier‘, Hubertus.“

Der blickte abermals zornig auf Riesle.

„Ich wollte mit euch noch ein paar letzte Dinge wegen der Hochzeit besprechen“, fuhr Bäuerle fort.

„Prima!“, sagte Hubertus und schielte auf den Kleintransporter des Hausmeisters. „Können wir das im Auto machen?“

„Wie bitte??“

„Auf gut Deutsch: Kannst du uns kurz nach Furtwangen fahren? Es ist wichtig, und wir können auf dem Weg alles besprechen, was du willst.“

Didi blickte auf die Uhr. Es war eigentlich Zeit für eine Mittagspause, Stress hin oder her. Und warum sollte man dem baldigen Schwiegervater nicht kurz vor der Hochzeit noch einen Gefallen tun? Wenn er in einer Stunde wieder hier wäre, würde er seine Aufgaben schon noch irgendwie schaffen.

Über Unterkirnach, die nach dem Skispringer benannte Furtwanger Südtangente („Martin-Schmitt-Straße“) und die B 500 kamen sie schließlich nach Neukirch und fanden nach ein paar Kilometern auf einer schmalen Straße die mitten im Grünen gelegene Hexenlochmühle, ein großes Gebäude aus dem frühen 19. Jahrhundert. Schwarzwaldgefühle pur erwachten in Hubertus beim Blick auf die zwei Mühlräder. Es war wirklich so, wie man sich in Nordrhein-Westfalen, Sachsen oder gar den Niederlanden ein altes Schwarzwaldhaus vorstellte. Denn daher stammten die Reisebusse und die Autos, die auf dem Parkplatz gegenüber der Mühle standen. Holz war in dem Gebäude Trumpf. Außerdem gab es viele kleine Fenster, vor denen Geranien aus Blumenkästen lugten, dazu ein Restaurant mit Schwarzwaldstube und Freiterrasse. Ganz hinten war für die Touristen auch noch ein Pavillon aufgebaut. Das Unwetter schien hier nicht so schlimm gewütet zu haben wie 30 Kilometer weiter östlich.

Hubertus stürmte ins Innere, wo es mehrere gut frequentierte Geschäfte gab, in denen neben zahlreichen Andenken auch Schnäpse wie der „Mühlengeist" und andere Spezialitäten angeboten wurden. Im Untergeschoss konnte man Kuckucksuhren erwerben. Hubertus nahm diese wie zuvor in Schwenningen genauer unter die Lupe. Klaus streifte an der Außenfront des Gebäudes entlang und besah sich die Andenken genauer. Hexenpuppen aus dem Hexenloch, Ansichtskarten – was das Touristenherz begehrte. Didi hingegen setzte sich auf eine Picknickbank im Freien und ärgerte sich, dass er sich zu dem Ausflug hatte überreden lassen. Er war nun schon weitaus länger weg, als er es vorgehabt hatte.

„In einer dieser Kuckucksuhren muss das Geld sein", raunte Hubertus Klaus zu, als sie sich bei der Schinken-Theke wiedersahen.

„Sollen wir die alle auseinandernehmen?", fragte Klaus zurück. Dann überlegte er kurz. „Ich glaube eigentlich nicht, dass das Geld in einer dieser Uhren ist", sagte er. „Abgesehen davon, dass die meisten der Uhren zu klein für eine solche Summe sind: Es muss doch eher was mit der Mühle also solcher zu tun haben. Sonst macht das Rätsel doch eigentlich kaum Sinn."

Sie gingen nach draußen und besahen sich die beiden Mühlräder etwas genauer. Das größere hatte einen Durchmesser von etwa vier Metern und trieb eine Hochgang- sowie eine Kreissäge an. Hubertus versuchte die Räder mit seinem Blick beinahe zu hypnotisieren. Es hatte etwas Meditatives, ihnen bei der Arbeit zuzuschauen, zu beobachten, wie sie immer wieder ins Wasser tauchten.

„Klaus", rief Didi, der mittlerweile in den Eingangsbereich getrottet war. „Hast du den Zettel hier gesehen?"

Hatten weder er noch Hubertus, was einer ziemlichen Unterlassung gleichkam. Neben zwei Schildern, die auf „Kuckucksuhren. Eigene Herstellung" und „Schwarzwälder Spezialitäten" hinwiesen, klebte ein offenbar mit Tesafilm angebrachtes Blatt Papier auf den Schindeln – DIN A 5 groß und zumindest für Detektive eigentlich ganz gut erkennbar.

„Der erschte Kuss, 's Herz tut 'en Knall – am weltberühmte Wasserfall", war darauf zu lesen, geschrieben offenbar mit einem schwarzen Füller oder Federhalter.
Zwei weitere Zweizeiler warteten auf die Freunde: *„Bei mir war es, mit meinem Schatz – kurz nach 'em Eingang Scheffelplatz."* Und: *„Verpass es nit, 's wär wirklich schad – Schild Nummer 3, Naturpfad."*

„Auf nach Triberg!", rief Hubertus.

Bäuerles Begeisterung hielt sich in ganz engen Grenzen, und er verfluchte sich, seine beiden Freunde auf den Zettel aufmerksam gemacht zu haben. Er ließ sich aber nochmals breit schlagen. Einerseits, weil er die beiden schlecht an der Hexenlochmühle zurücklassen konnte, andererseits, weil Hubertus und Klaus ihm hoch und heilig versprachen, bei den Feierlichkeiten anlässlich der Hochzeit auf die Organisation irgendwelcher Spiele zu verzichten. Weder würde das Brautpaar ein Bettlaken durchschneiden noch sich gegenseitig füttern oder mit verbundenen Augen die Zähne putzen müssen.

„Ehrenwort", versprach Klaus, dem in seiner Eigenschaft als Trauzeuge durchaus eine Schlüsselrolle zukam. Hummel begnügte sich mit der Bemerkung, solche Spiele kämen für ihn ohnehin nicht in Frage, schließlich sei das Ganze eine ernste Angelegenheit und kein Kindergeburtstag. Auch eine Brautentführung werde er mit allen Mitteln verhindern, erklärte er, während der Kleintransporter in Richtung des etwa 25 Kilometer entfernten Ortes Triberg rumpelte und Hubertus wieder seine Lokalkompetenz auszuspielen vermochte:

„Der Naturpfad ist einer der drei Routen, die am Wasserfall vorbeiführen. Außerdem gibt es noch den Kulturweg und den Kaskadenweg. Der Triberger Wasserfall ist 163 Meter hoch und fließt in sieben Stufen, die..."

„Weisser und seine Frau haben sich also an den Wasserfällen zum ersten Mal geküsst", unterbrach ihn Riesle. „Gut – aber was hat das mit dem dritten Schild zu tun?"

Bäuerle fuhr schweigend durch die schöne Landschaft, durch die Täler und Wälder, vorbei an zahllosen Fichten und braun-weiß gescheckten Kühen in Richtung Furtwangen und dann nach Schönwald, während Hubertus seinen Journalistenfreund weiter belehrte. „Es gibt doch zahlreiche Hinweisschilder rund um den Wasserfall. Wir müssen eben das dritte auf dem Naturpfad genauer unter die Lupe nehmen – das wird uns dann schon zum Ziel führen. Und zwar vom Eingang Scheffelplatz aus. Der ist oberhalb von Triberg – ich kenne mich da aus!" Er schaute begeistert aus dem Fenster des Wagens: „Hach, immer wieder schön hier. Ihr müsstet dem alten Weisser dankbar für sein Rätsel sein.

So kommen nicht nur seine Kinder, sondern auch wir mal wieder in den Genuss einer Schwarzwald-Tour. Habt ihr nicht auch den Eindruck, dass das Rätsel jetzt in seine entscheidende Phase geht?“

Bäuerle hatte gar keinen Eindruck – außer dem, dass er hier wertvolle Zeit verplemperte und abgesehen davon in den von Martina ihm aufgebürdeten Planungen für die Hochzeit weiter denn je zurückfiel.

Riesle, der darüber nachdachte, dass es mit seiner Verdauung endlich wieder besser wurde, wollte gerade etwas erwidern, als sein Handy klingelte.

„Ja, Chef, ich recherchiere weiter vor Ort Hagelopfer“, hörten die anderen ihn sagen.

„Was?“, entfuhr es Riesle nach der Antwort seines Gesprächspartners.

„Wohin? Ja, vielen Dank – bis später.“ Der Journalist lachte schallend, unterbrach die Verbindung und rang schließlich gar nach Luft, so sehr amüsierte er sich.

„Während die Stadt nach dem Hagel noch halb unter Wasser steht“, klärte er dann seine Freunde keuchend vor Lachen auf, „hat ein guter Teil des Städtischen Bauhofs heute frei genommen und einen Ausflug nach Offenburg angetreten, anstatt sich weiter an den Aufräumarbeiten zu beteiligen.“

Wieder schüttelte er sich vor Lachen. „Überstundenabbau vom Einsatz gestern, hieß es zur offiziellen Begründung. Sensationell! Schade, diese Story hätte ich zu gerne geschrieben.“

Er richtete seinen Blick auf Hubertus. „Unser Redaktionsleiter hat wegen dieser Spitzengeschichte so gute Laune, dass er mich gar nicht gefragt hat, wo genau ich bin. Diese Affäre wird allein eine Sonderseite einnehmen. Herrlich!“

Zehn Minuten später endete die kurvige Fahrt auf dem Scheffelplatz am oberen Teil der Triberger Wasserfälle.

Schnell waren sie zu Bäuerles Leidwesen nicht vorangekommen, denn offenbar steuerte die Hälfte der Busse, die kurz vor ihnen die Hexenlochmühle verlassen hatten, direkt von dort die Triberger Wasserfälle an. Ob die auch alle auf der Suche nach dem Geld waren? Wohl kaum. Eher hatten sie „3 Tage Schwarzwald mit Vollpension“ gebucht.

„Gutes Schuhwerk ist natürlich ratsam“, las Bäuerle auf einem Schild und blickte auf Hubertus' Sandalen. Sie kamen am „Scheffelstein“ vorbei und waren kurz darauf an der „Kasse Scheffelweg“, wo sie pro Kopf zwei Euro Eintrittsgeld entrichteten – eine Summe, die nicht einmal Klaus zum Feilschen Anlass bot.

„Hier verläuft doch der Naturpfad, nicht wahr?“, fragte Hubertus in einem Ton, als müsse er als Fremdenführer zwei Flachlandtirolern die Sehenswürdigkeit präsentieren.

Die Frau an der aus einem Holzhaus bestehenden Kasse bejahte und händigte ihnen einen Werbeprospekt Tribergs sowie ein Faltblatt über „Deutschlands höchste Wasserfälle“ aus, auf dem neben den anderen Wegen der Naturpfad grün eingezeichnet war.

„Jetzt hört mal her, ihr Hobbydetektive!“, schimpfte Didi, nachdem sie wenige Meter gegangen waren und nun auf der Scheffelbrücke standen, während um sie herum das Wasser talwärts toste. „Ich muss jetzt wirklich nach Hause. Falls ihr es nicht mehr wisst: Ich heirate morgen!“

Es lag bestimmt nicht nur am mächtigen Rauschen, dass die anderen beiden nichts erwiderten. Hubertus besah sich die Wasserfälle und atmete tief die klare Luft ein, während Klaus die eingeritzten Namen und Nachrichten auf dem Geländer des Holzsteges durchlas: „Vielleicht ist das wieder so was Ähnliches wie beim Vogtsbauernhof.“

„Nein“, widersprach Hummel, „es war die Rede vom dritten Schild. Los!“

Kurz hinter der Brücke sahen sie das erste Schild, das sich

mit der Nutzbarkeit der Wasserkraft auseinandersetzte. Zweisprachig waren sie, die Schilder, deutsch und englisch, außerdem bebildert.

„Ich bin wirklich gespannt“, sagte Hubertus und überlegte, ob sie nun den verschlungenen Pfad bergauf oder bergab gehen sollten.

„Bergab“, entschied Riesle, der fast ein paar ältere skandinavische Touristen mit Rucksack und Karohemd über den Haufen gerannt hätte. Die drei Freunde liefen dicht am Wasser entlang talwärts und fanden bald das zweite Schild, das über berühmte Besucher des Wasserfalls Auskunft gab. „Tucholsky und Hemingway“, las Hummel. „Die haben doch beide Selbstmord begangen. Ob das eine Spur ist?“

Riesle winkte ab, während diesmal Bäuerles Handy klingelte.

„Ja, Schatz“, hörten die anderen ihn sagen. „Es rauscht? Tja... Ich bin gerade... draußen. Ja, mache ich. Ja, mache ich auch. Nein, habe ich noch nicht. Oje... Ja, versprochen. Nein, beruhige dich. Ich rufe dich in einer halben Stunde noch mal an.“

„Ich krieg' die Krise“, sagte er, als er das Handy wieder in seiner Arbeitshose verstaut hatte. „Martina ist völlig panisch, weil wir das alles bis morgen nicht schaffen. Und sie hat Recht. Wieso habe ich mich nur von euch überreden...“

„Da ist das dritte Schild“, rief Riesle und spurtete die letzten Meter. Hubertus folgte und wäre beinahe schwungvoll auf ihn geprallt. „Und?“

„Das Totholz ist Lebensraum für Pflanzen- und Tierarten...“, las Riesle. Hubertus überflog die Zeichnung und dann den restlichen Text: „Haubenmeise... Zangenbock... Riesenholzwespe...“ Er zuckte ratlos mit den Schultern. „Verstehe ich nicht. Ist Totholz ein Hinweis auf den Tod von Weisser? Wäre ja wohl...“

„Kapiere ich nicht“, sagte auch Riesle, der versuchte, sein Wissen über chiffrierte Texte und Geheimcodes einzubringen. Doch auch, wenn man jeweils den ersten Buchstaben des Textes auf der Tafel nahm, kam man nicht weiter. Mit den jeweils ersten beiden Buchstaben klappte es ebenfalls nicht.

Bäuerle beteiligte sich nicht am Denksport, sondern starrte gedankenverloren in die Wasserfälle. Hätten die Freunde auf ihn geachtet, hätten sie befürchten müssen, er könne sich jeden Moment in die Tiefe stürzen. Eine mittlere Panik hatte den Hausmeister ergriffen. Panik, eine falsche Entscheidung getroffen zu haben. Panik, dass das Leben nach der Hochzeit so gut wie vorbei sei. Panik andererseits auch, dass die Vorbereitungen nie enden und sie sich morgen vor dem Dekan und den ganzen Gästen völlig blamieren würden.

„Haben wir uns verzählt?“, fragte Hubertus derweil. „Vielleicht ein Schild übersehen?“

„Nein, die kann man doch gar nicht übersehen. Wir hätten wahrscheinlich vorher an der Abzweigung bei der Brücke nach oben gehen sollen“, meinte Klaus und stürmte mit beachtlichem Tempo in diese Richtung. Die anderen folgten mit Abstand, zumal der Weg einigermaßen glitschig war.

Schwitzend gingen sie nun bei der Scheffelbrücke weiter nach oben, doch nach zwei Biegungen kamen sie statt zu einem Schild zur nächsten Kasse.

„Wo geht denn der Naturpfad weiter?“, fragte Hubertus nun schon nicht mehr ganz wie ein Fremdenführer den bärtigen Mann. Der deutete ein paar Meter nach oben.

„Und da gibt's dann auch die nächsten Hinweisschilder?“, mischte sich Riesle ein. Bäuerle folgte mit einigem Abstand und verzweifeltem Gesichtsausdruck.

„Lesen Sie doch Ihren Plan“, empfahl der bärtige Kassierer aus seiner Holzhütte heraus. „Ab hier gibt es keine Schilder mehr, denn hier endet der Lehrpfad."

„Also keine Schilder weiter hinten?", fragte Hummel fassungslos.

Der Bärtige schüttelte den Kopf und widmete sich dem „Schwarzwälder Kurier".

Entmutigt und wortlos gingen sie noch mal denselben Weg zurück. Die Hoffnung, vielleicht doch ein Schild übersehen zu haben, zerschlug sich jedoch.

Plötzlich packte Riesle Hummel am Arm. Unter den zahlreichen Touristen, die ihnen entgegenkamen, war auch ein Pärchen. Dieses war eine Spur schicker als die anderen Wanderer gekleidet und starrte Riesle feindselig an.

„Diese giftige Weisser-Tochter wieder", schüttelte der den Kopf. „Jede Wette, dass die auf der gleichen Spur sind!"

„Sollen wir Ihnen folgen?", fragte Hummel.

Doch Bäuerle war schon stur weiter in Richtung Ausgang gelaufen. Als sie wieder am Auto waren und Didi zum zweiten Mal Martina eine telefonische Ausrede hingestottert, sie zu beruhigen versucht hatte, dirigierte Hummel den Fahrer bergab in Richtung Triberg. „Vielleicht gibt es am Haupteingang noch einen Start des Naturpfades, den weder unser Plan hier noch ich kennen?", meinte er.

Sie kamen am Bergsee vorbei, an der Wallfahrtskirche und sahen schon den Haupteingang, als ein Herr mit Anzug und Krawatte aus dem Schwarzwaldmuseum kam.

„Das ist doch dein Freund, der St. Georgener Bürgermeister", staunte Hummel, der als Zeitungsleser die Prominenz des Landkreises kannte. „Ist der auch auf der Suche nach dem Weisser-Geld?"

Abgesehen davon, dass Riesle überhaupt kein Interesse hatte, von dem Mann gesehen zu werden, konnten sie ihn auch nicht mehr fragen. Er stieg gerade in seinen Wagen, mit dem am Tatabend auch Riesle hatte fahren dürfen, und raste davon.

„So, jetzt suchen wir hier weiter", meinte Riesle, der bereits auf den Eingang zustrebte. „Und wenn das nichts bringt, fahren wir eben wieder zur Hexenlochmühle zurück."

Bäuerle, der schon seit Minuten nichts mehr gesagt hatte, meldete sich nun zu Wort – und wie! „Wir fahren jetzt nach Hause. Nach Hause, habt ihr das verstanden? Ich habe morgen Hochzeit, auch wenn euch das momentan nicht zu interessieren scheint. Abgesehen davon hieß es in diesem Spruch auf dem Zettel am Hexenloch: Eingang Scheffelplatz – und da waren wir ohne Erfolg. Die Wasserfall-Karte hier" – er zerknüllte sie und warf sie seinem baldigen Schwiegervater an den Kopf – „sagt auch nichts anderes aus, ihr albernen Schatzsucher. Abgesehen davon geht es euch doch in diesem Fall einzig und allein nur ums Geld – und weniger darum, den Mörder zu finden. Wie auch immer: Wir haben jetzt schon Spätnachmittag, und etliche Schäden im Gemeindezentrum sind immer noch nicht beseitigt. Ich bin zeitlich extrem im Verzug, kapiert ihr das endlich?" Sein Gesicht hatte mittlerweile eine ungesunde Rötung angenommen. „Hubertus, wenn du schon immer auf Familie, Werte und Ordnung machst, dann hilf mir jetzt um Gottes Willen, wenn du überhaupt willst, dass diese Scheiß-Hochzeit stattfindet! Verdammt! Verdammt noch mal!!" Er schlug mit der rechten Hand auf die Motorhaube.

Hubertus nickte schweigend. Noch nicht einmal Klaus, für den es allmählich auch Zeit wurde, wieder in die Redaktion zu kommen, wagte noch, etwas zu sagen.

Das letzte Wort gehörte daher Didi Bäuerle, der bei der Einfahrt auf den Parkplatz vor dem Gemeindezentrum in Villingen meinte: „Übrigens: Solltet ihr heute einen Junggesellenabschied geplant haben – vergesst es: Ich muss bis in die Morgenstunden arbeiten!“

Wenigstens darüber war Hubertus erleichtert. Das hätten er und Klaus vor lauter Geldsuche ohnehin vergessen.

20. DER SCHÖNSTE TAG

Hubertus wusste weder, wie viel Uhr es war, noch, wie lange er geschlafen hatte. Er wusste nur eines: Dies war eine der unentspanntesten Nächte seines Lebens gewesen – und das, obwohl er am Vorabend keinen Schluck Alkohol getrunken hatte. Er wälzte sich abermals in seinem Bett hin und her und warf einen neidvollen Blick auf seine Frau Elke, die tief und ruhig neben ihm schlief. Vielleicht wirkte dieser ganze Yoga-Kram doch – zumindest bei Frauen...

Durch das Fenster schienen die ersten zaghaften Sonnenstrahlen. Der Morgen kündigte sich an – der Morgen, an dem sein einziges Kind heiraten würde. Müdigkeit und Wehmut gingen bei Hubertus nun eine Mischung ein. Er erinnerte sich an seine eigene Hochzeit, damals, in den 80ern. Elke und er waren in diesen Jahren politisch sehr aktiv gewesen, hatten in der Anfangsphase ihrer Beziehung sogar einmal zwei Winternächte dicht aneinander gekauert in der Mutlanger Heide verbracht, um die Zufahrt zu einem US-Camp zu blockieren, in dem die Pershing II-Raketen stationiert werden sollten. Auch rund um Freiburg, wo sie damals studiert hatten, gab es politisch, sozial und ökologisch genug zu tun.

Von einigen Gesinnungsgenossen waren sie beschimpft worden, dass sie mit ihrer Hochzeit „die bürgerlich-repressive Einrichtung der Ehe" sanktionierten. Dennoch hatten sie beschlossen, zu heiraten. Einerseits, weil Hubertus im Grunde seines Herzens eben schon damals ein wertkonservativer Schwarzwälder war, andererseits, weil es Elkes romantischer Seele entsprach. Statt einer Hochzeitsreise hatten sie eine Fahrt im alten VW-Bus ins Bayerische vorgezogen. Nicht etwa zum Chiemsee, in die Alpen oder ins Allgäu. Nach Wackersdorf in die Oberpfalz hatte sie der Weg geführt, wo es galt, gegen die geplante atomare Wiederaufbereitungsanlage zu demonstrieren.

Mittlerweile hatte Hubertus' politisches Engagement merklich nachgelassen, aber so war es bei vielen Altersgenossen. Und einige von denen, die früher am lautesten gewesen waren, hatten heute ihren Frieden mit dem System und vor allem dem Geld gemacht, das sie gar nicht so selten als Beamte vom Staat bekamen.

Was Martina und Didi die Zukunft wohl bringen würde? Und Maximilian? Hauptsache, sie bleiben in unserer Nähe, dachte Hubertus nicht ganz uneigennützig. Und insofern machte er auch gedanklich wieder einmal seinen Frieden mit Didi als Schwiegersohn. Er war ein echter Villinger, wollte das auch bleiben und war somit ein Garant dafür, dass die junge Familie den Schwarzwald nicht verließ.

Auch wenn Martina nach Hubertus' Ansicht noch zu jung zum Heiraten war: Es würde bestimmt alles gut gehen. Natürlich würde es das! Maximilian, der diese Nacht unter Hubertus' Betreuung nur bis ein Uhr gebrüllt hatte und offenbar seitdem schlief, würde ein ruhigeres Kind werden. Er selbst würde an seiner Eifersucht und an seinem Gewicht arbeiten, und auch das vom Hagel beschädigte Haus ließ sich irgendwie reparieren. Das Wichtigste ist doch, dass wir EINE Familie sind, dachte er sich und schaute den Rücken seiner Frau nun liebevoll an. Das Stichwort „Familie" ließ seine Gedanken schließlich zu Weissers schweifen. Schlimm, wenn das Verhältnis zu den Kindern so zerrüttet war und die Familie so auseinanderbrach, dachte er, während die einzelnen Rätselstationen noch einmal in seinem Kopf herumgingen.

Warum waren sie gestern an den Triberger Wasserfällen

nicht weitergekommen? Hatten sie die Reime auf dem Zettel an der Hexenlochmühle falsch interpretiert? Sie hätten sie sich abschreiben sollen.

Wobei er so zu einer anderen Frage kam: Wann hatte Weisser die Reime aufgeschrieben? Wohl vor mindestens sechs Tagen. Immerhin war der Zettel in der Zwischenzeit nicht abgerissen worden, obwohl sicher Hunderte Touristen an ihm vorbeigegangen waren.

Die Sonne war nun etwas gen Himmel geklettert, so dass es heller im Zimmer wurde. Hubertus konnte gut die zwei etwa 25 Zentimeter langen Sprünge im Fensterglas sehen, die der Hagel am Vortag angerichtet hatte.

Der Hagel?

Der Hagel!

Er stieg aus dem Bett und ging Richtung Toilette, während er überlegte: Auch wenn das Unwetter die Hexenlochmühle weniger getroffen hatte als den Raum Villingen-Schwenningen. Es war völlig unwahrscheinlich, dass der draußen im Freien hängende Zettel nach dem Hagel gänzlich unversehrt geblieben war. Das hieß: Der Zettel war erst nach dem Unwetter angebracht worden. Das hieß auch: Er stammte nicht von Weisser!

„Eine falsche Spur", murmelte Hubertus, spülte und eilte von der Toilette auf den Flur. Dort suchte er das Telefonbuch, um die Nummer der Hexenlochmühle herauszubekommen. Anschließend ging er in die Küche, um festzustellen, dass es zehn vor sieben war.

Mit seinem Griff zur Toilettenspülung hatte er Maximilian geweckt, der früh morgens schon gut in Form war, wie kaum zu überhören war. Martina brachte ihn wenige Minuten später nach unten und reichte ihn wortlos Hubertus. Sie schien sehr nervös und mit ihren Nerven bald am Ende zu sein. Hubertus' Bitte, sich an diesem wichtigen Tag das Piercing einmal aus der Nase zu nehmen, ließ sie unbeantwortet.

Didi war nicht da. Er schlief in seiner Wohnung in der Kanzleigasse – wenn er schlief, denn wahrscheinlich hatte er die ganze Nacht noch Vorbereitungen treffen müssen.

Im Hause Hummel breitete sich zunächst Kaffeeduft und in den nächsten Minuten eine ungeheure Hektik aus, so dass Hubertus beim besten Willen nicht dazu kam, seinen Anruf zu tätigen, was wahrscheinlich für die Bewohner der Hexenlochmühle um diese Uhrzeit auch das Beste war...

Maximilian herumtragen, waschen, anziehen, Martina, der übel vor Aufregung war, ein Frühstück einflößen, sie das cremefarbene Hochzeitskleid anprobieren lassen, waschen, duschen, Zähne putzen, Frühstück für Elke und Hubertus, die nun eingehenden Telefonate der von auswärts kommenden Freunde entgegennehmen, die nicht mehr wussten, wo der standesamtliche Teil der Hochzeit stattfand – all das spielte sich in dem Einfamilienhaus in der Vom-Stein-Straße ab. Und all das geschah im Wesentlichen unter der Regie von Elke, die tatsächlich nebenher auch noch ihre Yoga-Übungen machte. Hubertus bewunderte seine Frau in einem lichten Moment.

Kurz vor neun klingelte zum vierten Mal das Telefon. Diesmal war es kein Hochzeitsgast und auch nicht Didi, der sich ebenfalls schon gemeldet hatte, sondern Klaus, der sofort sagte: „Hubertus, die Nachricht mit den Wasserfällen war falsch. Der Zettel...“

„... konnte wegen des Hagels nicht mehrere Tage dort gehangen haben“, ergänzte Hubertus und überließ Klaus gerne die Aufgabe, in der Hexenlochmühle anzurufen.

Fünf Minuten später klingelte das Telefon wieder, Hubertus zog sich gerade die schwarzen Lackschuhe an.

„Wir hatten Tomaten auf den Augen“, schrie Klaus in den Hörer, „hast du gestern in der Hexenlochmühle ein Plakat gesehen?“

„Wie?“

„Da gab es irgendwo ein Plakat, das darauf hingewiesen hat, dass die Hexenlochmühlen-Betreiber ihre Kuckucksuhren auf der Südwest Messe anbieten. Zusammen mit Kurt Weisser aus Stockburg."

„Kurt Weisser?"

„Ja. Die Frau des Mühlenbesitzers hat gesagt, Weisser und ihr Mann seien befreundet gewesen. Und Weisser wäre eigentlich derzeit auf der Südwest Messe gewesen. Sie endet morgen – wie das Rätsel. Das heißt, wir müssen entweder auf die Südwest Messe, oder noch eher ins gemeinsame Lager. Übrigens befindet sich das Lager im Haus."

„In Weissers Mühle?", fragte Hubertus keuchend. Telefonieren und gleichzeitig Schuhe binden war nichts für einen Mann seines Alters – oder genauer: seiner Statur. Sein Bauch war einfach im Weg. Außerdem hatte er in der Hektik einen Doppelknoten in den linken Schnürsenkel gemacht.

„Nein, in dem Haus in der Gerberstraße, das zum Verkauf steht", antwortete Klaus hektisch.

„Ich wette, in irgendeiner der Uhren dort ist das Geld. Wir müssen sofort hin, Hubertus!"

Dieser ächzte erleichtert, denn er hatte den Schnürsenkel wieder entknotet. Seine Gedanken überschlugen sich: Der Mord, das Geld, die Hochzeit, die Tatsache, dass er nun möglicherweise doch noch auf die Südwest Messe kam, allerdings zum denkbar schlechtesten Zeitpunkt, gingen eine seltsame Melange in seinem Kopf ein. Mit einem weiteren Schnaufen setzte er sich auf das Tischchen neben der Garderobe, das unter seinem Gewicht knirschte. Dann schaute er auf die Uhr, auf seine Tochter im Hochzeitskleid, die den kleinen Maximilian auf dem Arm hatte und ihn betrachtete. Der Kleine machte gerade Pause und genoss die Schaukelbewegungen seiner Mutter.

„Wir machen das", sprach Hubertus in den Hörer. „Aber

erst nach der Trauung. Zumindest nach der standesamtlichen. In" – ein weiterer Blick – „48 Minuten heiratet meine einzige Tochter. Und wir beide werden da pünktlich sein. Du als Trauzeuge und ich als Brautvater."

Riesle, der gerade ansetzen wollte, Hubertus zu erklären, dass das zeitlich schon irgendwie reichen würde – und wenn nicht: Schließlich ging es um 300.000 Euro – hörte am Tonfall seines Freundes, dass dieser für einmal ganz der verantwortungsvolle Familienvater war. Und er hörte daraus auch: Riesle, wenn du alleine in das Haus gehst und nicht rechtzeitig zur Trauung kommst, ist es mit uns aus.

„Ja, ja", murmelte Riesle. „Herr Trenkle, der Besitzer der Hexenlochmühle, ist von halb zehn bis etwa halb elf in dem Lager in der Gerberstraße. Wenn wir uns nach der Trauung beeilen, schaffen wir's noch."

Das Wetter spielte mit. Die Frühsommersonne spendete den etwa 40 auf dem Münsterplatz vor dem Rathaus versammelten Personen eine angenehme Wärme. Vielleicht war es eine kleine Entschädigung für die Unbilden, die in den Tagen zuvor durch den Hagel im Schwarzwald verursacht worden waren.

Hubertus hatte trotz des warmen Wetters kalte Hände. Es lag wohl weniger am Schlafdefizit als an der Nervosität. Den Fall hatte er in diesem Moment tatsächlich vergessen. Er trat ins Rathaus und wartete vor der Tür des Standesamtes mit den anderen.

Auf die Frage „Na, wie fühlt man sich als Brautvater?" hatte er in den vergangenen Minuten schon mindestens zehnmal geantwortet. Wie sollte man sich schon fühlen?

Noch umringter war außer Didis Mutter und dem Brautpaar, dessen männlichem Teil man den mangelnden Schlaf ansah, nur der Täufling. Die Menge an Leuten, die sich zu ihm in den Wagen beugte und sagte, was man eben zu

Babys so sagt, schien ihn nicht zu erschrecken. Nur, wenn ein Mann mit einer tieferen Stimme oder einem Bart auftauchte, begann er zu schreien.

Zu den unruhigsten Gästen gehörte Klaus Riesle, dessen zerknitterter Anzug den Junggesellen betonte. Der Journalist schaute alle 30 Sekunden auf seine Uhr und murmelte: „Hoffentlich ist er pünktlich."

„Er" war der Standesbeamte, der ihm diesen Gefallen tat.

„Liebes Brautpaar, liebe Gäste an diesem schönen Sommermorgen, ich freue mich über jede Ehe, die ich schließen darf. Ganz besonders freue ich mich aber, wenn zwei waschechte Villinger einander und dann auch noch den Weg zu mir gefunden haben..."

20 Minuten dauerten Ansprache und Prozedere, dann durfte Martina erstmals mit „Martina Bäuerle" unterschreiben und Didi küssen, der sich nur dank des Adrenalins in seinem Körper wach hielt.

„Eine kleine Anekdote darf ich noch erzählen...", sagte der Standesbeamte, der sich offenbar gut vorbereitet hatte. Durfte er nicht, zumindest nicht, wenn es nach Riesle ging, der neben Didi sitzend zunehmend nervöser wurde.

„Das können wir doch draußen machen", warf Riesle ein, und ein paar aus der Verwandtschaft Didi Bäuerles begannen empört zu tuscheln: „Wer isch des denn?"

Der Standesbeamte schaute etwas ratlos. Als Riesle aber gewissermaßen die Versammlung auflöste und sich zur Tür begab, blieb ihm nichts anderes übrig, als mit einer Handbewegung den offiziellen Teil zu beenden und in den Vorraum zu bitten, wo einige Freundinnen Martinas zu einem Sektempfang luden.

Als Bernd Bieralf den Theaterregisseur Edelbert Burgbacher nach dem ersten Schluck fragte „Wo ist eigentlich der Brautvater?", war dieser gewissermaßen an der Hand von Riesle schon in Richtung Wochenmarkt auf und davon. Die

Villinger waren tendenziell Frühaufsteher, zumindest die Älteren und vor allem samstags, weshalb in der Fußgängerzone reges Treiben herrschte. Noch immer war der Hagel Hauptthema. Nicht jedoch bei Hubertus und Klaus. Riesle berichtete noch einmal kurz vom Telefonat mit der Betreiberin der Hexenlochmühle. „Ich habe nicht den Eindruck, dass sie und ihr Mann in das Rätsel eingeweiht sind", keuchte er und bog um die Ecke in die Niedere Straße ein.

„Aha", sagte eine weibliche Person in Uniform.

Riesle drehte sich um.

„Da kommt noch was auf Sie zu, Herr Riesle", meinte die Person.

Hubertus schaute ihn fragend an, worauf der ihn aufklärte: „Das war eine unsägliche Politesse, die ich neulich touchiert habe, als ich mit dem Rad zum Romäusring-Gymnasium gefahren bin." Er zog Hummel mit sich. „Komm jetzt – beeil dich."

Die neu restaurierte Henybogen-Uhr zeigte genau 10 Uhr 30, als sie von der Niederen Straße in Richtung Gerberstraße abbogen und kurz darauf vor Weissers Haus standen. Es war ein schmales Gebäude mit rissigem Außenputz und zwei Fensterreihen. Das Gemäuer hatte sich im Laufe der Zeit etwas nach innen gewölbt. Einige Scheiben waren geborsten. Hier wohnte offenbar wirklich niemand mehr.

Hubertus stieß einen leisen Seufzer aus. Es war ein Jammer, wie manche mehrere hundert Jahre alte Villinger Häuser verfielen. Auch das Nachbarhaus, das den Mengerts gehörte und wie ein Zwilling des Weisser-Hauses wirkte, sah nicht viel besser aus. Diese beiden Objekte wollte der Bauunternehmer also abreißen lassen. Auch wenn sie in diesem Zustand keine Zier für das Stadtbild waren: Hubertus hätte bedauert, wenn sie durch eine nüchterne, moderne Wohnanlage ersetzt worden wären. Immerhin strahlten die Häuser noch einen morbiden Charme aus... Und außerdem Geschichte – und das war es, was Villingen von anderen Orten unterschied: Tradition und Charakter statt Sterilität.

Er richtete den Blick auf das Biberschwanz-Ziegeldach, das eine schöne braun-rötliche Patina aufwies und sich vor allem dadurch auszeichnete, dass es sich an mehreren Stellen – ähnlich wie das Gemäuer – nach innen wölbte. Dass die Dachstuhlkonstruktion nach dem Hagel, der auch hier ein paar Einschlaglöcher hinterlassen hatte, überhaupt noch standhielt, wunderte Hummel. Er selbst hatte sogar mal mit dem Gedanken gespielt, sein Einfamilienhaus in der Südstadt gegen ein ähnliches Altstadthaus einzutauschen.

„Schau mal, die Tür steht offen", riss Riesle seinen Freund aus den Träumereien. „Also ist dieser Trenkle noch im Haus. Das Lager soll auf dem Dachboden sein." Sie betraten den dunklen, endlos scheinenden Gang. Das Haus mochte vielleicht drei bis vier Meter breit sein. Die Länge schätzte Hubertus auf gut 15 Meter. Vor allem deshalb mangelte es in den unteren Stockwerken an Licht. Ob Elke mit ihm wohl in einem solchen Gemäuer wohnen wollte?

Er musste sich beeilen, Klaus hinterher zu kommen, der eifrig Stockwerk für Stockwerk nach oben stieg. Nach dem dritten Treppenaufgang verwarf Hummel bereits die Idee, in eines dieser Häuser zu ziehen.

Gefunden hatten sie bislang auch nichts, bis auf die Tatsache, dass das Haus von innen einen fast noch heruntergekommeneren Eindruck machte als von außen: Ein Haufen Schutt, altes, modriges Mobiliar, tote Mäuse sowie ein paar Tauben, die durch die durchschlagenen Fensterscheiben eingedrungen waren und auf den Fensterbänken frech herumgurrten. Und weil Hummel und Riesle ein paar

Sachen durchstöbert hatten, wiesen ihre Festtags-Anzüge vom Staub bereits ein paar weiße Flecken auf. Wie sie das der Braut und der Brautmutter wohl erklären sollten…

Sie hörten ein Poltern, das von oben zu kommen schien. Riesle war erleichtert: „Na also: Der Trenkle ist dort oben. Dem nehmen wir jetzt möglichst unauffällig die Uhren ab, hörst du?"

Leichter gesagt als getan: Trenkle war offenbar nicht allein auf dem Dachboden, der jetzt nur noch einen Treppenaufgang entfernt sein mochte.

„Ich hab's dir schon dreimal gesagt: Wieso musstest du den Weisser auch umbringen? Es hätte schon gereicht, ihn ein bisschen einzuschüchtern", hörten Hummel und Riesle eine Frauenstimme schimpfen, als sie die letzte Dachluke vor sich hatten.

Riesle drehte sich blitzartig zu seinem Freund um, führte den Zeigefinger zum Mund.

„Du hast gut reden! Und ich hab dir schon dreimal geantwortet: Der alte Sturkopf wollte überhaupt keine Vernunft annehmen. Er hatte überhaupt kein Verständnis für unsere finanzielle Notlage. Da bin ich verdammt noch mal halt ausgerastet", antwortete jetzt eine Männerstimme.

„Hab ich's doch geahnt. Das ist nicht Trenkle", flüsterte Riesle. „Die Tochter des alten Weisser und ihr Mann waren's. Die sind dort oben und suchen nach dem Geld. Die hatte ich von Anfang an im Verdacht!"

Hubertus nickte und meinte: „Lass uns schnell runtergehen und die Polizei rufen, bevor die uns bemerken."

„Du hast einen Mord begangen! Und das Geld ist auch nicht hier", krächzte die Frauenstimme. „Ich bin mit den Nerven am Ende!"

„Die kriegen mich doch nicht!", rief der Mann. „Noch einmal: Ich habe alle Spuren verwischt. Bis jetzt ist doch alles gut gegangen. Die kommen nie auf mich! Sieh zu, dass du nicht durchdrehst. Denk einfach an Amelie!“

Hummel wollte Klaus noch davon abbringen, ihn am Ärmel zurückhalten. Doch der hatte bereits mit drei akrobatischen Sprüngen die hölzernen Stiegen zum Dachboden überwunden. Natürlich, er musste wieder mal den Helden spielen.

Hubertus hörte seinen Freund triumphierend sagen: „Aber wir sind auf Sie gekommen...“ Doch dann geriet Riesle ins Stocken. „Nein, nicht doch. Sie? Sie waren das? Sie haben Weisser umgebracht?“

Hummel wurde panisch. Sein Freund stand Weissers Mörder alleine gegenüber. Er nahm die Stufen trotz seines Übergewichts fast genauso schnell wie sein Kumpel gerade eben – und sah den Mann, den sie vor dem Uhrenmuseum getroffen hatten.

„Herr Mengert? Ihnen hätte ich diese Tat wirklich nie zugetraut“, sagte Riesle. Hummel bekam keinen Ton heraus. So sehr erstaunte ihn, dass der Mörder doch nicht aus der Weisser-Familie stammte.

„Wieso Sie?“, fragte Klaus ebenfalls immer noch sehr überrascht.

„Wieso? Wieso?“, rief Mengert. „Was geht Sie das eigentlich an? Halten Sie sich doch raus. Obwohl, jetzt ist eh alles zu spät...“

„Berthold, sag nichts. Sie haben nichts gegen dich in der Hand.“ Seine Frau lief auf ihn zu, legte ihm die Hände auf die Schultern. Tränen liefen ihr über die Wangen. Sie wandte sich an Hummel und Riesle. „Warum müssen Sie sich da einmischen? Aus reiner Geldgier, oder?“

„Wir beide haben alles mit angehört“, sagte Riesle, ohne auf die Worte von Frau Mengert zu reagieren. „Das gerade eben war ein Geständnis. Sie haben keine Chance!“ Riesle schaute kurz auf Hummel. „Also noch mal: Warum musste Weisser sterben?“

Die beiden Mengerts schwiegen.

Aber dann redete Berthold Mengert doch.

„Weil wir dringend Geld brauchten. Unsere Tochter ist schwerstbehindert. Bei einem Reit-Unfall hat sie ein Schädel-Hirn-Trauma erlitten. Ihr Gehirn ist seitdem geschädigt – und auch das Rückenmark. Wir versuchen alles, um ihr zu helfen." Er schaute die beiden mit so durchdringendem Blick an, dass sie keinerlei Zweifel an seiner Schuld hatten. Natürlich sehen Mörder normalerweise nicht wie Mörder aus, dachte Hummel. In bestimmten Situationen aber eben vielleicht doch.

„In Florida gibt es jetzt eine neue Therapie-Form, in die wir alle unsere Hoffnungen setzen. Aber die ist teuer... Und wahrscheinlich müssen wir so oder so unser Haus in Schwenningen behindertengerecht ausstatten, wenn nicht ein Wunder passiert. Das heißt: Eine Hypothek auf das Haus. Und selbst dann brauchen wir noch mehr Geld."

„Berthold, nicht!", versuchte es die Frau noch einmal. Doch Mengert war nicht mehr aufzuhalten.

„Dann kam dieses verlockende Angebot von Schmitz, diesem Bauunternehmer. Er hat uns viel Geld für unser Haus hier nebenan geboten. Doch Schmitz wollte den Deal nur machen, wenn auch Weisser sein Haus verkauft. Er hatte die Baupläne für Luxuswohnungen bereits in der Tasche."

Mengert hielt kurz inne, holte ein kariertes Taschentuch aus Hosentasche und wischte sich damit über Stirn und Wangen.

Die Bilder des Mädchens in Mengerts Wohnung. Die junge Reiterin. Fotos aus einer sorgenfreien Vergangenheit, die für die Familie endgültig passé war. Riesle ärgerte sich, dass er das Ehepaar nicht über die Tochter ausgefragt hatte. Und aus dem umgebauten weißen Wagen hatte er ebenfalls die falschen Schlüsse gezogen. Von wegen Pflegedienst.

Der Mörder setzte derweil sein Geständnis fort: „Dieser alte Kauz von Weisser wollte einfach nicht verkaufen. Um keinen Preis, hat er gesagt. Das Haus sei das Geburtshaus seiner Frau. Und: Wenn er es verkaufen würde, dann beschmutze er ihr Andenken. Ich habe ihn angefleht, er möge doch dem Verkauf zustimmen. Ich habe ihm gesagt, dass wir vor dem Bankrott stehen, dass wir das Geld dringend bräuchten und dass meine Tochter Geld für weitere Behandlungen benötige. Doch Weisser hat gar nicht hingehört, hat nur noch gesagt, wir als Schwenninger seien ohnehin keine richtigen Schwarzwälder. Und dann hat er in seine Geburtstagstorte gestiert. Da habe ich ihn am Hinterkopf gepackt und ihn so lange in die Torte gedrückt, bis er sich nicht mehr gerührt hat."

Frau Mengert starrte entsetzt auf ihren Mann, umarmte ihn dann. Mengert vergrub sein Gesicht in ihren Haaren. „Ich wollte das nicht, das müssen Sie mir glauben. Ich wollte nicht zum Mörder werden. Aber wir waren so verzweifelt. Es war unsere letzte Chance, den Kopf aus der Schlinge zu ziehen. Und für unser Kind..."

Riesle blieb einigermaßen ungerührt. Hummel bekam jedoch einen trockenen Hals. Er dachte an seinen Enkel. Unvorstellbar, unfassbar, wenn ihm etwas zustoßen würde. Auch er würde womöglich zu vielem fähig sein, sollte es um die Gesundheit des Kleinen gehen. Aber würde er auch einen Mord begehen?

„Ich verstehe", sagte Klaus. „Aber was machen Sie jetzt hier – im Haus des Mannes, den Sie, Herr Mengert, eigenhändig getötet haben?"

Frau Mengert löste die Umarmung, drehte sich zu Hummel und Riesle.

"Wir lesen Ihre Zeitung, Herr Riesle. Sie haben nicht nur von dem Mord an Weisser geschrieben, sondern auch über das Rätsel, das Weisser seinen Kindern gestellt hat. Und wir haben von den 300.000 Euro gelesen, die er irgendwo im Schwarzwald versteckt hat."

Riesle schaute auf den alten Dielenboden.

„Mein Mann hat dann auch den Artikel über die Ausstellung im Schwenninger Uhrenmuseum gesehen – und über die besondere Kuckucksuhr des alten Weisser. Er ist dann zur Hexenlochmühle gefahren und hat die Besitzerin nach Weisser befragt. Die hat ihm gesagt, dass ihr Mann normalerweise mit ihm auf der Südwest Messe gewesen wäre. Und dass er heute Morgen weitere Uhren hier vom Dachboden holen würde, weil sich bisher überdurchschnittlich viele verkauft haben. Da hat mein Mann mich angerufen. Wir haben gleich begriffen, dass das Geld in einer der Uhren hier stecken musste. Aber der Mühlenbesitzer war leider schon weg – und das Geld ist in keiner der Uhren hier..."

Frau Mengert schluchzte. Ihr Mann legte den Arm um ihre Schulter.

Riesle zog sein Handy hervor und wählte die Nummer von Hauptkommissar Müller. „Das werden Sie gleich alles noch einmal erzählen müssen, und zwar der Kripo", sagte er, während er den Hörer ans Ohr presste.

„Mist!", rief er dann.

„Was ist los, kein Empfang?", fragte Hummel, der immer noch die Vorstellung eines schwer kranken Enkels abzuschütteln versuchte.

„Doch, aber wenn man den Müller mal braucht, kriegt man ihn nicht. Die Mailbox ist dran. Ich rufe im Präsidium an."

Riesle bekam die Nummer über die Auskunft und verlangte bei der freundlichen Stimme der Vermittlungsdame den Hauptkommissar.

Es meldete sich dann aber ein ganz anderer, nämlich Winterhalter.

„Herr Riesle, Hauptkommissar Müller hät unbezahlte Urlaub g'nomme un de Fall abge'be", sagte er.

Das passte nun überhaupt nicht zu Müller, dachte sich Riesle. Der Kommissar, sein vielfacher Widersacher, wurde langsam alt.

„Kommen Sie schnell bitte, wir haben den Mörder von Weisser gefasst. Wir sind in der Gerberstraße..."

21. Brautentführung

Hubertus stemmte sich mit aller Gewalt gegen die schwere, gusseiserne Tür des Münsters Unserer Lieben Frau. Mit jedem Zentimeter, den sich die Flügeltür öffnete, ging sein Puls schneller. Ein kurzer Blick auf die Armbanduhr. Sieben nach elf. O nein! Er, Hubertus, der Brautvater, und Klaus, der Trauzeuge, waren gerade im Begriff, zu spät zur kirchlichen Trauung zu kommen – zur Trauung seiner einzigen Tochter. Er hatte es vermasselt, sie am Arm zum Altar führen zu dürfen.

Dieser gottverdammte Fall, schoss es Hubertus durch den Kopf. Und dann: Jetzt bloß nicht fluchen, Hubertus. Nicht hier…

Ein flüchtiger Blick in Richtung Chorraum: Martina und Didi standen bereit. Ihnen gegenüber der Dekan, der mit seiner eindringlichen Stimme gerade einen Vortrag über die Institution Ehe hielt.

Zum Glück hatte das Münster links und rechts Säulengänge. Hubertus ging voran, wählte den rechten. Den nahm er immer, wenn er mal in die Kirche ging. Wann war das eigentlich das letzte Mal gewesen? Weihnachten?

Sie schlichen auf leisen Sohlen in Richtung Chorraum. Es war, als würden sie sich hinter jeder der mächtigen Säulen verschanzen, um dann mit raschen, aber leisen Tippelschritten den Schutz der nächsten Säule zu suchen.

Die Kirche war wirklich gut gefüllt. Alte Weggefährten, junge, vergleichsweise adrett gekleidete Menschen aus dem Bekanntenkreis des Brautpaares, ein paar Lehrerkollegen hatten sich in den Bänken niedergelassen – und natürlich waren Pergel-Bülows auch da. Sie strahlten so, dass sich

Hubertus' Festtags-Laune fast wieder verflüchtigte. Ihm selbst, ihm war es vielleicht erlaubt, so zu strahlen. Denen nicht.

Zwischendurch kam ein geflüstertes „Huby, warte mal" von hinten. Klaus nahm sich die Rückseite von Hubertus' Jackett vor, klopfte darauf herum. Der Brautvater war immer noch verstaubt vom Streifzug durch das alte Weisser-Haus.

Ganz vorne angelangt, rutschte Hubertus unauffällig in die Bank der ersten Reihe. Langsam wandte er den Kopf nach links. Auch das noch: Er saß natürlich auf der falschen Seite. Elke war auf der linken...

„Hallo Herr Hummel, wie schön, dass Sie auch noch kommen", sagte Didis Mutter und schaute ihn leicht empört an. Die Köpfe der ersten Reihe schnellten in Richtung Hubertus. Der spürte jetzt auch den strengen Blick des Dekan.

Es half nichts, hier war nicht sein Platz. Der war nun mal bei Elke, der Brautmutter! Er nahm sich zusammen, ging hinter Klaus her, der gerade Aufstellung neben Didi nahm, und hörte die Worte des Dekan: „Ah, der Brautvater und der Trauzeuge sind auch eingetroffen. Dann können wir jetzt wohl anfangen, wie?"

Gedämpftes Gelächter. Elkes fragender Blick. Hubertus wäre am liebsten in den Katakomben des Münsters versunken...

Eine halbe Stunde später hatte Hubertus seinen Fauxpas fast schon vergessen. Jetzt war er gerührt, betrachtete immer wieder den kleinen Maximilian, der auf dem Schoß von Hubertus' Vater saß, in seinem Taufkleidchen wie ein Barock-Engel aussah und erstaunlich friedlich war. Hubertus Rührung steigerte sich, als Martina und Didi die Ringe tauschten. Seine Tochter würde in wenigen Wochen in die

Hausmeisterwohnung ziehen, mit dem kleinen Maximilian. Und bei ihnen in der Vom-Stein-Straße würde es ganz schön still werden.

Für alle Fälle beschloss Hubertus, Martinas Zimmer unberührt zu lassen.

Als nach der Trauung der Dekan den Enkel taufte, war nicht nur bei diesem kein Halten mehr. Auch bei Hubertus kullerten jetzt ein paar Tränen über die Wangen. Er hielt Elkes Hand, die seine Verspätung zum Glück schon vergessen zu haben schien.

„Huby“, durchbrach eine bekannte Stimme die zauberhafte Atmosphäre. Hubertus drehte sich um.

„Huby, wir müssen gleich nach der Taufe auf die Südwest Messe. Das Geld…“, flüsterte Klaus.

„Ja, aber jetzt taufen wir erst mal meinen Enkel. Das ist wichtiger als alles Geld der Welt…“

Als sie das Münster wieder verlassen und zahllose Hände geschüttelt hatten, als die Feuerwehrkollegen Didis dem Brautpaar zu Ehren Blaulicht und Martinshorn präsentiert und Maximilian fast zu Tode erschreckt hatten, als Hubertus Martina, Elke, sogar Didi und mindestens fünfmal seinen Enkel umarmt hatte, waren seine Ohren wieder offener für seinen Kumpel Klaus, der unablässig zur Eile drängte.

„Wer kann uns nach Schwenningen fahren?“, fragte Riesle ungeduldig.

Hummel, der gerade von Didis Mutter das „Du“ angeboten bekommen hatte, wusste auch keine Antwort. „Ich lass mir was einfallen“, sagte er und ließ sich vom Dekan gratulieren.

„Wir freuen uns so für euch, Hubertus.“ Pergel-Bülows waren es, natürlich. Sie in einem Kleid mit aufgestickten

Sonnenblumen, er in einem Öko-Chic-Jackett, immer noch ein Pflaster auf der Nase. Auch Klaus wurde von ihm überaus herzlich begrüßt.

Hubertus nutzte die Möglichkeit, sich zu entziehen, lief auf seine Tochter zu und küsste sie abermals. Sie stand Hand in Hand mit ihrem Ehemann da, die Gratulanten waren nun fast durch.

„Ich fahr dann gleich mal in unseren Gasthof nach Kirchdorf und bringe noch das Blumengesteck an", sagte sie zu Didi. „Kommst du mit?"

„Nein", mischte sich Hubertus ein, ehe der Bräutigam antworten konnte. „Klaus und ich kommen mit, Didi siehst du ja noch dein ganzes Leben."

Sein Schwiegersohn schaute zwar irritiert, doch waren bereits die nächsten Feuerwehr- und Narrozunft-Kollegen da, die sich einen Spruch für ihn ausgedacht hatten.

22. SÜDWEST MESSE

Fünf Minuten später saß die widerstrebende Braut mit ihrem Vater, ihrem Trauzeugen und ihrem Sohn in Hummels Wagen und steuerte diesen am Friedhof vorbei in Richtung Marbach und Brigachtal. Dachte sie jedenfalls, denn Hubertus gestand ihr nach einigem Herumdrucksen: „Kleines, wir sollten noch einen winzigen Umweg machen."

Klaus verpackte es mit etwas mehr Humor: „Das ist die erste Brautentführung, bei der die Braut selbst am Steuer sitzt", witzelte er, wobei Martina das in diesem Moment überhaupt nicht komisch fand – und es auch sagte. Auch Klaus' Vorschlag, sie könne ruhig noch etwas schneller fahren, kam bei ihr nicht gut an.

Sie kamen am Schwenninger Messegelände vorbei und fuhren weiter in Richtung des Eisstadions, der Heimstatt ihres nur noch in der Zweiten Liga spielenden Lieblingsvereins „Wild Wings". Ganz in der Nähe des Stadions mussten sie auch parken, denn die 6000 Parkplätze am Messegelände waren überfüllt – die letzten Tage der Südwest Messe zogen die Massen noch mehr an als zuvor.

„Der Stand von Trenkle ist in der ‚Halle des Handwerks', hat seine Frau gesagt", keuchte Riesle, der vorauslief. Hummel, der den Enkel im Kinderwagen schob, sowie Martina, die Schwierigkeiten mit ihrem Brautkleid hatte, folgten mit einigem Abstand. Martina war so fassungslos über das Jagdfieber ihrer Begleiter, dass sie gar nicht auf die Idee kam, einfach umzudrehen und die beiden stehen zu lassen. Mechanisch folgte sie Riesle, nahm dann aber sicherheitshalber Maximilian an sich.

Sie stürzten zum Eingang 1 und mussten weniger zahlen als erwartet. „Eine Braut – Glückwunsch, Sie haben freien Eintritt“, sagte nämlich die Dame an der Kasse, die sich im Stillen fragte, ob auch sie die Südwest Messe bei aller Beliebtheit als Ziel ihres Hochzeitsausfluges gewählt hätte.

Dazu, Riesle ebenfalls den Eintritt zu erlassen, weil er ganz offensichtlich der Bräutigam war, kam sie gar nicht mehr, so sehr hatten es die gut gekleideten Besucher eilig.

„Mir nach!“, rief Hummel. Er verließ sich auf sein Gedächtnis und war deshalb ziemlich sicher, dass die „Halle des Handwerks“ die Halle B war.

Ein paar Sekunden waren sie vom bunten Treiben auf dem Gelände wie paralysiert. Überall gab es etwas zu schauen, buhlten Hinweisschilder, Stände, Musik, Werbegeschenke um Aufmerksamkeit.

Hubertus fasste sich als Erster und lief im Slalom um zahlreiche Menschen herum. Martina gab nach wenigen Metern auf. Sie blickte auf die große, auf einer blauen Gerüstkonstruktion stehende Uhr, die mit dem Logo der Südwest Messe, dem vierfarbigen Hahn „Jonathan“, verziert war. 20 Minuten nach 12.

Nun würden auch die letzten Gäste allmählich ins Lokal aufbrechen. Es war alles so surreal. Sie starrte die Gartengeräte an, die vor ihr auf dem Freigelände ausgestellt waren, und freute sich dann zumindest darüber, dass Maximilian den Trubel offensichtlich genoss. Ganz in der Nähe war das „Kinderland“ zu erkennen – das würde dem Kleinen sicher auch gefallen. Danach könnte sie dem Hinweisschild zu Halle G folgen, in der offenbar zahlreiche Aussteller zum Thema „Haushalt und Ernährung“ beheimatet waren.

Mein Gott: Ich bin völlig von Sinnen – das ist der Stress

der letzten Tage und Wochen, dachte Martina dann. Sie zog die einzig mögliche Konsequenz…

Hummel, der zu diesem Zeitpunkt etwa 100 Meter von Martina entfernt war, musste sich eingestehen, dass er die Messe-Anordnung etwas anders in Erinnerung gehabt hatte. Vor ihm befand sich nun das Fertighausgelände inklusive der Fertiggaragen-Ausstellung, in der Nähe ein Café. Weiter hinten gab es eine Spedition sowie die Kinder-Messe. Hummel lief in diese Richtung und machte nach einer Weile: „Hm." Er blieb stehen.

„Verdammt, Hubertus", fluchte Klaus. „Wir hätten Bieralf mitnehmen sollen, der kennt sich hier aus wie in den eigenen Redaktionsräumen."

Er blickte nach rechts auf die Halle, auf der ein großes „N" prangte. „Da gehen wir jetzt durch, und dann müssten wir zu den niedrigeren Buchstaben kommen."

Sie rannten durch die „Gemeinschaftsschau Baden-Württemberg", die in Halle N residierte. Für das „CMA-Kochstudio" hatten sie aber ebenso wenig Zeit wie für die zahlreichen Gewinnspiele oder den Treffpunkt der Landfrauen. Nur einmal stutzte Hubertus: Am Stand der „Tourist-Information Gastliches Kinzigtal" war ein Modell des Vogtsbauernhofes, den sie vor wenigen Tagen selbst besucht hatten. Ganz in der Nähe befand sich der Stand des Romäus Verlages. Diese Krimis schienen wirklich interessant zu sein. So viel Zeit musste sein. Er kramte nach Geld.

Alsbald stürzte ein Reporter von „Radio Neckarburg" auf ihn zu. „Hallo! Wie gefällt es Ihnen denn auf der Südwest Messe?", setzte der Mann an. Schon hatte Hubertus ein Mikrofon unter der Nase.

„Keine Zeit!", keuchte er nur und rannte an der anderen Seite wieder aus der Halle hinaus ins Freie. Sie liefen jetzt außen an den länglichen Gebäuden vorbei. K, H, G, F, zählte Hubertus im Geiste die Gebäude herunter.

Auch für „Freizeit, Hobby, Garten, Werkzeug" in Halle D hatten sie keine Augen, denn daneben – C gab es nicht – war endlich Halle B. Den Stand der Stadt Villingen-Schwenningen entdeckten sie darin als ersten, dann Informationsstände über die Rentenversicherung, Tresore und Busreisen. Riesle fasste derweil das Motto „Polizei – der Beruf! So interessant wie das Leben" ins Auge. Er grinste schief und fragte dann die Freunde und Helfer nach dem Kuckucksuhren-Stand. Diese machten ihrem Namen immerhin insoweit Ehre, als sie ihn auf einen Informationsstand am nahen Eingang 2 verwiesen.

Zwei Minuten später hatte Klaus nicht nur das Programm der Südwest Messe in der Hand, sondern wusste auch genau Bescheid: In Halle T am Stand 694 waren die Kuckucksuhren der Hexenlochmühle. Er ersparte sich weitere Bemerkungen über die Messe-Kompetenz seines Freundes. Der nahm bei allem Geldfieber kurzzeitig nun wieder seine Eigenschaft als Vater und Großvater an: „Wo sind denn eigentlich Maxi und Martina?", fragte er.

„Wahrscheinlich im CMA-Kochstudio oder bei einer der Kinderbelustigungen", war die Antwort. „Immerhin haben wir dank dir ja schon fast alles gesehen...!"

Hummel, der sich klar machte, dass Martina wohl kaum in ihrem Brautkleid ein Handy deponiert haben würde, entschloss sich, die Sache hier möglichst schnell zu einem guten Ende zu bringen und direkt danach seine Tochter und seinen Enkel ausrufen zu lassen.

Von Mulchgeräten bis Solaranlagen, von Pferdeartikeln – hier musste Hummel an die unglückliche Tochter der Mengerts denken – bis Backöfen sahen sie noch so einiges in den hektischen nächsten zwei, drei Minuten, in denen sie sich an den Besuchern vorbeidrängten, bis sie endlich in Halle T kamen und dank der Nummerierung auch bald am Kuckucksuhren-Stand landeten. Nebenan fand gerade ein Schauschnitzen statt, so dass bei Trenkle nicht viel los war. Es gab allerdings auch noch eine andere, besonders begehrte Konkurrenz in Halle T: Die Dachdecker-Innung hatte dort ebenfalls ihren Stand. Der war gleich von 60, 70 Besuchern belagert – und zwar nicht etwa, weil „Dachdecker einer der vielseitigsten Handwerksberufe“ war, wie auf einem Plakat stand. Vielmehr hofften zahllose Hagelopfer, ihre Bestellungen gleich vor Ort anbringen zu können.

Am Stand der Hexenlochmühle waren etwa 30 Uhren zu sehen: alte und neuere, durchaus auch etwas wertvollere, handgeschnitzte, wie Hubertus erkannte, den die letzten Tage zu einem Experten gemacht hatten, wie er glaubte.

Ein Mann saß auf einem Plastikstuhl an einem Tisch und ging irgendwelche Unterlagen durch.

„Herr Trenkle?“, fragte Riesle.

Der Mann bejahte und bat einen Moment um Geduld.

Als er voll aufnahmefähig war, meinte Riesle: „Ihre Frau sagte uns freundlicherweise, dass Sie auf der Südwest Messe sind. Im Lager von Herrn Weisser in Villingen haben wir Sie leider nicht mehr angetroffen.“

„Ja, meine Frau rief mich kurz an. Um was geht es denn? Entschuldigen Sie, ich bin gerade an einer Art Inventur. Hier in der Halle soll letzte Nacht eingebrochen worden sein – oder zumindest gab es einen Versuch. Und da muss ich natürlich wissen...“

Riesle wurde hellhörig: „Ein Einbruch? Nur in dieser Halle oder auch an anderen Stellen auf dem Gelände?“

„Der Wach- und Kontrolldienst kann Ihnen sicher Genaueres sagen“, meinte Trenkle.

Riesle nahm sich vor, diesen zu befragen. Aber zunächst

hatte er etwas anderes vor, und auch Hummel schielte bereits auf die Uhren. Vier, fünf schienen groß genug, um darin Geld zu verstecken.

Riesle erklärte dem Standbesitzer, dass es um eine Geschichte über handgeschnitzte Kuckucksuhren gehe, die er mit einem Artikel über den Verstorbenen kombinieren wolle.

„Welche sind denn die Uhren von Herrn Weisser?“, fragte er.

Trenkle deutete auf die vier größten. „Diese hier. War eine ganz schöne Mühe für ihn, die aufzuhängen.“

„Hat er das selbst gemacht?“

Trenkle nickte. „Da ließ er sonst niemanden ran. Seine Uhren waren ihm sehr wichtig.“

„Er hat die also eigenhändig am Tag vor dem Beginn der Messe installiert, also kurz bevor er ja tragischerweise...“, setzte Riesle an und ließ den Satz in der Luft hängen.

Trenkle nickte. „Ich stehe Ihnen in drei Minuten für Fragen zur Verfügung“, sagte er. „Schauen Sie sich bis dahin ruhig um“, ergänzte er und widmete sich wieder seinen Unterlagen.

Das taten Hubertus und Klaus eifrig. Vor allem die beiden gut anderthalb Meter großen Uhren, an denen das Schild „Unverkäuflich!“ hing, hatten es ihnen angetan.

„Stell dich mal so hin“, bedeutete Riesle seinem Freund leise und schob ihn zwischen sich und Trenkle.

Er selbst fummelte unauffällig an der Uhr herum, strich an ihr entlang, öffnete das Gehäuse und fuhr mit seiner Hand im Inneren herum.

Da war etwas. Da war eindeutig etwas.

Riesle war überaus aufgeregt und merkte gar nicht, wie ihm der Schweiß in Bächen den Körper herunterlief. Sollte sich hier endlich das Geld verbergen? Der Lohn aller Mühen? Seine Hände tasteten etwas Papierenes. Der erste

Geldschein? Ein Fünfhunderter? Mindestens. Er zog die Hand aus der Uhr, während Hummel weiter versuchte, mit seinem voluminösen Körper Deckung zu bieten. Allmählich mussten sie aber auffallen. Schnell!

Riesle blickte auf seine Beute – einen Zettel. Schon wieder ein Hinweis? Abermals war es ein Reim:

„Am Gelde hängt
zum Gelde drängt
doch alles

Trotz aller Gier
kennt jetzt doch ihr
mein' Schwarzwald

Doch 's Geld isch weg
's war nie versteckt
's war eine Spende

Für euer Prasse
Wollt ich's nit lasse
's isch gut verschenkt!"

Hummel, der froh war, nicht mehr als menschlicher Sichtschutz missbraucht zu werden, hatte mitgelesen. „Oh Mann", sagte er und fühlte sich vom alten Weisser ertappt.

„Er hat Recht, Klaus", meinte Hummel nach einer Weile ernüchtert und war wieder ganz Pädagoge. „Das kommt davon, wenn man zu gierig ist." Nichts war's mit dem Schwarzwaldhäuschen. Aber eigentlich hatte er schon die ganze Zeit Skrupel gehabt. Glaubte er jetzt jedenfalls.

Diese stellten sich bei Riesle nicht ein, aber das mit dem Schwarzwaldhäuschen, das er sich ebenfalls vorgestellt hatte, ärgerte ihn umso mehr: Schließlich wäre es ein Schritt hin zu Ruhe und Solidität, zu positiven Veränderungen in seinem Leben gewesen.

„Scheiße!“, fluchte er daher so laut, dass Trenkle zu ihnen hinübersah, der bis dahin völlig in seine Abrechnungen vertieft gewesen war. „Das gibt's doch nicht.“

Hubertus nickte. „Sieh's positiv“, meinte er. „Geld ist wirklich nicht alles. Immerhin haben wir den Mörder überführt. Das zählt viel mehr. Ich gehe mal Martina und Maxi ausrufen lassen.“

„Verlauf dich nicht“, sagte Riesle aggressiv, dem das wieder Moralinsaure seines Freundes arg gegen den Strich ging.

Nun kam Trenkle zu ihnen herüber: „So, bei mir wurde nichts gestohlen: Welche Fragen haben Sie denn?“

Klaus setzte mit Mühe seine freundlichste Miene auf. „Keine mehr. Es hat sich schon alles geklärt. Herzlichen Dank, und auf Wiedersehen“, sagte er und ließ einen verwunderten Mann zurück. Riesle wollte immer noch nicht wahrhaben, dass das Geld weg war. Schnellen Schrittes lief er in Richtung des Pressebüros, das er von seinen letzten Besuchen noch zu kennen glaubte. Auf dem Weg dorthin konnte er hören, wie im Festzelt gerade „Sepp und die Steigerwälder Knutschbär'n“ angekündigt wurden.

Im Pressebüro vermittelte man ihm ein Gespräch mit dem Leiter des Wach- und Kontrolldienstes, der sich an Tor 4 befand, so dass Riesle noch einmal einen ausgiebigen und unfreiwilligen Spaziergang über das Gelände machen musste.

„Wir haben alles unter Kontrolle“, erläuterte der Wachmann an Tor 4.

Riesle sagte, er glaube das gerne, es gehe hier auch definitiv nicht darum, am Wachpersonal herumzukritteln. Er habe lediglich aus Halle T gehört, dass es einen Einbruchsversuch gegeben habe.

„Das war so“, erklärte der Wachmann in seiner dunkelblaugrauen Uniform, nachdem Riesle ihm nochmals seinen Presseausweis gezeigt hatte. „Letzte Nacht gegen zwei Uhr kam die Polizei hier zu Tor 4. Ein Beamter zeigte seine Dienstmarke und sagte meinem Kollegen, er hätte Hinweise darauf, dass in die Hallen S und T eingebrochen werden solle – oder dies bereits erfolgt sei. Er müsse sich dort einmal umschauen.“

„Und?“, drängte Riesle.

„Na, ja, wir haben Order, niemanden alleine in die Hallen zu lassen – auch keinen Polizisten“, sagte der Wachmann weiter. „Also ist der Kollege gemeinsam mit dem Polizisten dorthin gelaufen.“

Riesle überlegte: „Passen Sie auf, ich schreibe darüber definitiv nichts. Aber ich will wissen: Hat Ihr Kollege die Polizeimarke gewissenhaft überprüft?“

Der Wachmann winkte ab: „Wir sind doch keine Anfänger. Auch wenn wir in den letzten Tagen durch den Hagel noch mehr als sonst zu tun hatten: Natürlich war das ein echter Polizist.“

„Gut“, sagte Riesle.

Der Wachmann nickte. „Auf jeden Fall ist mein Kollege mit ihm dorthin. In beiden Hallen konnten wir aber nichts Verdächtiges finden. Die Händler in den Hallen S und T überprüfen noch, ob irgendetwas gestohlen wurde – es sieht aber nicht so aus. Falschen Alarm gibt's halt immer wieder mal.“

Riesle nickte enttäuscht. Er bedankte sich und ging.

Dann fiel ihm ein, dass er allein und ohne Auto war. Nun musste er wohl Hubertus ausrufen lassen...

„Ist dieser Hubertus Hummel Ihr Sohn?“, fragte die Dame an der Information bei den Messediensten. „Wir lassen nur vermisste Kinder ausrufen.“

Riesle bejahte. Für seinen Gemütszustand war die bald

auf dem Messegelände zu hörende Durchsage Balsam: „Der kleine Hubertus wird von seinem Vater gesucht. Hubertus Hummel, dein Vater wartet an Eingang 2 auf dich."

Als sie sich vor den Augen der sprachlosen Dame an der Information wieder sahen, war der „Sohn" nicht nur wegen der öffentlichen Blamage per Lautsprecher außer sich. Hubertus befand sich auch in einem Zustand fortgeschrittener Panik, weil er Martina und seinen Enkel noch immer nicht gefunden hatte.

Eine Suche im Kinderland war ebenso wenig von Erfolg gekrönt wie ein nicht minder der Verzweiflung geschuldeter, willkürlicher Schnelldurchlauf durch die Hallen X, Y und Z. Als Martina auch nicht am Parkplatz auf dem Eisstadion wartete, waren sie immerhin schlauer: Auch der Wagen war weg.

Dafür kam das bestellte Taxi recht schnell.

23. LUIGI

Als Hummel und Riesle im Kirchdorfer Landgasthof eintrafen, war die Hochzeitsgesellschaft bereits beim Hauptgang: Schweinelendchen mit Pilzrahmsoße, Pommes, Kroketten und „Gemüse der Saison“. Luigi, ein Alleinunterhalter, den Klaus für wenig Geld noch kurzfristig aufgetrieben hatte, trällerte gerade mit scheinbar schmerzverzerrter Miene und Schlafzimmerblick ein „O Sole mio“. Dass er dabei nicht immer die richtigen Tasten auf seinem Keyboard traf, überspielte er mit ein paar aufmunternden Zwischenrufen wie „Unde jetze alle mitsingenä“. Dann fügte er noch ein „Unde da sinde ja de Brautbaba und de Trauzeugenä. Applause bittäää!“ hinzu. Doch niemand klatschte. Stattdessen stürmte Elke von ihrem Platz neben Martina, die etwas gerötete Augen zu haben schien, auf Hubertus zu. Sie zerrte ihn hinaus auf den Korridor des alten Fachwerkhauses und führte mit ihm ein so ernstes Gespräch, dass er zwischenzeitlich befürchtete, seine Frau werde sich wieder von ihm trennen.

Den Rest des Tages war Hubertus ein mustergültiger Braut- und Großvater. Er war aufmerksam, scherzte mit Leuten, die ihm eigentlich zuwider waren, und fuhr den Täufling jedes Mal im Kinderwagen spazieren, wenn der seine Schreiphasen hatte. Seine Festrede war erstaunlich kurz, denn auch darum hatte Elke energisch gebeten. Auch bei den zahlreichen Mitmach-Spielen, die es gegen den erklärten Willen des Brautpaares dennoch gab, regte sich Hubertus keineswegs auf. Den Alkohol mied er strikt, seinen Freund Klaus weit gehend: „Es ist Ironie des Schicksals“, war einer der wenigen Sätze, die Hubertus mit Klaus in den nächsten Stunden wechselte. „Wir haben primär nach dem

Geld gesucht, und was finden wir? Den Mörder, aber eben kein Geld. Das wird mir eine Lehre sein. Überhaupt werde ich mich künftig mehr um Elke, Martina und den Kleinen kümmern. Eben um Dinge abseits des Mammons."

Das alles wollte Klaus überhaupt nicht hören. Ohnehin sprach er im Gegensatz zu seinem Freund dem Alkohol durchaus zu. Sein neues Leben nach Kerstin, das mit dem Geld Weissers einen glorreichen Start hätte nehmen sollen, gestaltete sich keineswegs viel versprechend. Jetzt kam auch noch Hubertus, machte wieder auf Familie, und sein anderer Freund Bäuerle war nun ebenfalls unter der Haube. Klaus fühlte sich von allen verlassen – außer vom Alkohol. Dieser und eine Ohrfeige von Martinas Freundin Marion, der er angetrunken zu nahe gekommen war, veranlassten ihn dazu, ebenfalls noch eine Rede zu halten.

„Ich freue mich als Trau...zeuge", rief er in den Saal, nachdem er im Bitten um Ruhe so fest an ein Glas geklopft hatte, dass es zersprungen war. „Ich freue mich für euch, Didi Bäu...Bau...Bäuerle, Mardina, Huberdus, Elge." Letzterer warf er eine ungelenke Kusshand zu. „Ein schöner Dag – und ich wönsche euch alles Gude." Hier schwankte Riesle, und Hubertus, der auf einmal ein ganz ungutes Gefühl hatte, klatschte, um seinen Freund zum Beenden der Rede zu nötigen. „La... Lass mich doch, Hubertus", lallte Riesle jedoch weiter. „Du... Du bist im Grunde deines He... Herzens eben genauso ein Spießer... wie ihr alle hier", rief der Journalist. „Und deshalb ve... verspreche ich euch: Ich werde nie... niemals heiraden." Er setzte sich und sprang dann doch wieder auf: „Niemals!"

Ermattet fiel er auf seinen Stuhl zurück und registrierte das peinliche Schweigen gar nicht mehr. Nur Edelbert Burgbacher, der einem Skandal nie abgeneigte Theaterregisseur, amüsierte sich köstlich: „Bravo, Bravissimo", applaudierte er mit seinem tiefen Bass, um zufrieden einen großen Schluck Trollinger zu nehmen.

24. VIERUNDDREISSIG GRAD

Woanders wurde mit Getränken maßvoller umgegangen. Der Mann, der an seinem „Cuba Libre“ nippte, war – im Gegensatz zu Riesle – mit sich im Reinen.

Da gönnte man sogar diesen beiden Hobbydetektiven, dass sie den Mordfall gelöst hatten, dachte Hauptkommissar Müller. Und es war eindeutig nur ein Mordfall, denn das zweite Opfer, Johannes Weisser, war entgegen anfänglicher Vermutungen tatsächlich bei einem Unfall in Folge der katastrophalen Witterungsverhältnisse nach dem schweren Hagel ums Leben gekommen. Seine Leiche war in der Brigach kurz vor Donaueschingen aufgefunden worden – bis dorthin hatte der reißende Fluss sie mitgenommen. Das sowie die Festnahme Mengerts hatte der Kommissar noch kurz vor seiner Abreise im Rahmen eines Telefonats mit Winterhalter erfahren.

Das hieß auch: An der Beerdigung des alten Weisser würde noch eine Person weniger teilnehmen. Wahrscheinlich gar keine Verwandten. Diese gierige Tochter und ihr Mann waren vermutlich schon wieder in Hamburg. Dass sie Mengert bedroht hatten, um ihn zum Verkauf seines Hauses zu nötigen, war zwar justiziabel, würde aber keine Folgen für sie haben. Ein Strafverfahren würde er deshalb nicht mehr einleiten. Viel zu mühsam von hier aus, dachte Müller und blinzelte in die gleißende Sonne. Schließlich war das unangenehme Paar dadurch genug bestraft, dass es bei der Schatzsuche leer ausgegangen war.

Und aus dem Wohnhaus Weissers in Stockburg wurde nun also ein Uhrenmuseum. Das Stadthaus in Villingen sollte dem Testament zu Folge dem Geschichts- und Heimatverein zu Gute kommen, auf keinen Fall aber zu Luxussanierungszwecken verkauft werden. Weisser hatte wirklich an alles gedacht.

Auch das würde der Weisser-Tochter und ihrem Mann zu schaffen machen: Dass sie einen Mörder ganz umsonst bedroht hatten. Denn Mengert hatte natürlich von Anfang an vorgehabt, sein Haus an den Bauunternehmer zu verkaufen. Er hatte sein Zaudern nur vorgetäuscht.

Und dieser zottelige, jüngere Bruder? Gut, dass dieser Drogensüchtige nichts von dem Geld sehen würde. Der könnte ohnehin nicht damit umgehen. Genauso wenig wie die beiden Schnüffler Hummel und Riesle.

Müller hatte sich in der letzten Nacht – oder war es schon die vorletzte Nacht gewesen? Nach dem 13-stündigen Flug nach Mauritius hatte er sein sonst feines Gefühl für Zeit verloren – mit seiner Polizeimarke Zutritt zur Halle T der Südwest Messe verschafft. Als der allzu aufmerksame Wachmann ihm auch dort nicht von der Seite gewichen war, hatte er sich theatralisch zu Boden gestürzt. „Schnell, holen Sie Hilfe – ich bin Asthmatiker", röchelte Müller grinsend in Erinnerung an seinen Auftritt. Seine Liegestuhl-Nachbarin, eine blasse Britin gehobenen Alters, sah pikiert herüber. Müller prostete ihr zu, und es war ihm herzlich egal, was sie von ihm dachte.

Er hatte den Wachmann seinen Auto-Schlüssel aus der Manteltasche holen lassen und ihn noch immer röchelnd zu seinem Dienst-Wagen auf dem leeren Parkplatz geschickt, um sein Asthma-Spray zu holen. Der Wachmann hatte dieses komischerweise nicht gefunden. Doch die sieben Minuten, die er weg war, hatten genügt...

In aller Eile hatte Müller in der Frühe seine Sachen gepackt, Urlaub eingereicht, seiner ohnehin potenziell scheidungswilligen Frau einen Zettel auf den Küchentisch gelegt und war zum Frankfurter Flughafen gefahren, von wo aus er mit Winterhalter telefoniert hatte.

„Sabbatjahr", murmelte Kommissar Müller. In seinem durchaus gehobenen Hotel hatte er einen Internet-Raum gesehen. Er würde sich mal informieren, wie und ob das funktionieren könnte. Denn wenn er gar nicht mehr zurückkäme, würden sicher auch seine Rentenansprüche erlöschen. „Am Gelde hängt, zum Gelde drängt, doch alles", zitierte Müller. Ewig würden die 300.000 Euro wahrscheinlich auch nicht reichen. Aber jetzt schon knausern, machte auch keinen Sinn. Er bestellte noch einen Cuba Libre und nahm Geld aus seiner Jeans, die er zum nackten Oberkörper trug.

„Für euer Prasse, wollt ich's nit lasse, 's isch gut verschenkt", grinste Müller und klopfte zufrieden auf die veritable Geld-Beule in seiner Hose. Der Großteil befand sich im Hotel-Tresor.

Eigenlob stinkt zwar, dachte Müller. Aber die beiden Reime waren gar nicht so schlecht. Zufrieden schlenderte er mit seinem Getränk durch den heißen Sand.

Irgendwann könnte er sich schon vorstellen, wieder in den Schwarzwald zurückzukehren. Irgendwann.

Und dann würde er sogar das Uhrenmuseum in Weissers Haus in Stockburg besuchen. Nicht nur, dass Müller sich für die Thematik interessierte.

Weisser hatte das auch wirklich verdient.

In diesem Buch vorkommende Personen und Firmen sowie die Handlungen dieser Personen sind fiktiv und haben nichts mit existierenden oder existiert habenden Personen oder Firmen gemein. Ähnlichkeiten wären hier rein zufällig.

DAS BUCH ZUM TV-KLASSIKER "AKTENZEICHEN XY" IM ROMÄUS VERLAG

Die einen schauten unter dem Bett nach Einbrechern, die anderen hinter dem Vorhang. Manche schlossen die Haustür zweimal ab, und viele junge Frauen nahmen sich vor, nie mehr zu trampen. Einmal im Monat war der Freitagabend besonders gruselig. Eduard Zimmermanns "Aktenzeichen XY ...ungelöst" hat mehrere Generationen deutscher Fernsehzuschauer beeinflusst und war Reality-TV, bevor es diesen Begriff überhaupt gab.

Die erste unabhängige Dokumentation über den Fernsehklassiker beleuchtet "XY" einst und jetzt in all seinen Facetten. Die Autoren haben die mysteriösesten Fälle nachrecherchiert, sich mit Beteiligten und Gegnern der Sendung unterhalten, Stimmen Prominenter eingeholt und nachgeforscht, worin die sozialen Auswirkungen der Sendung und ihr "Kult"-Faktor bestehen.

Und so bietet das Buch auch einen Einblick in die deutsche Fernseh-, Kriminalitäts- und Sozialgeschichte.

„Akribisch, aufschlussreich - für jeden zwischen 25 und 65 mit Fernseher ein Muss“ (Stadtkurier, Freiburg)

Stefan Ummenhofer / Michael Thaidigsmann u.a.:
Aktenzeichen XY ...ungelöst. Kriminalität, Kontroverse, Kult,
Romäus Verlag, 296 Seiten
(mit 50 schwarz-weißen und 16-farbigen Abbildungen)
ISBN 3-9809278-1-4
ISBN 978-3-9809278-1-9
24,90 Euro